文春文庫

猫はわかっている

村山由佳　有栖川有栖　阿部智里
長岡弘樹　カツセマサヒコ
嶋津輝　望月麻衣

文藝春秋

目次

猫はわかっている

世界を取り戻す

村山由佳

「今日は部活だから遅くなる」

息子の浩太が、トーストを口いっぱいに頬張りながらモゴモゴ言った。

行儀は悪いが仕方がない。ぐずぐずしていると本人ばかりか私まで遅刻する。

「遅くなるって何時ごろ？」

「んー、たぶん七時過ぎくらい。コンクール前だし、ちょっとわかんないけど」

「そう。了解」

「優子は、塾の日だっけ？」

「塾は明日」

「じゃあ母さん、今日はまた早く帰ってこなきゃなんないね。ごめん」

浩太の六つ下の優子は、三十分ばかり前に登校していった。まだ小学五年生なので、家で長く一人きりにはしておけない。夫はもともと帰りが遅いから、私が会社で少しゆっくり仕事できるのは、浩太が早く帰ってこられる日だけなのだ。

けれどこんなふうに、妹のことばかりでなく、働く母親の立場や気持ちまで考えてくれる男子高校生が世の中にどれくらいいるものだろう。

私は、思わず手をのばし、息子の頭をくしゃくしゃとかき混ぜた。

「ちょ、やめろって、せっかくちゃんとしたのに！」

「もういっぺんどうぞ」

「だから、遅刻するんだって！」

「知らないよ、寝坊したのは誰？」

私は笑って立ち上がり、夫と優子の食べた皿を洗い始めた。

浩太が中学時代からずっと続けてきた吹奏楽部も、指折り数えれば今年で五年目。クラリネット担当の彼は来年の部長候補でもあるらしい。通っている高校の吹奏楽部は、毎年のコンクールでなかなかの成績を収めている。先生が熱心なのだ。

「帰り、急がなくていいからね」と私は言った。「あなたは今を思う存分やんなさい」

ちょうどトーストの最後の一口を牛乳で流し込んだ浩太が、おう、とうなずく。

と、時計を見上げるなり、叫んだ。

「げえっ、やっべ！」

「こら、言葉遣い」

返事もせずに洗面所へ駆け込み、歯を磨き、たぶん髪をもう一度とかし、ばたばたと二階へ駆け上がっていったかと思うと、歌舞伎の早変わりに匹敵する素早さで制服に着替えて駆け下りてきた。行ってきまあす！　と玄関を飛び出してゆく。

「はい行ってらっしゃい。気をつけて」

たぶん聞こえてはいないだろう。ゆっくりとドアが閉まる。竜巻が家のなかを通り過ぎていったかのようだ。あと十分、せめて五分だけでも早く起きてくればあんなに慌てる必要もないのに――。

そう思ってから、苦笑した。自分が十代だった頃を考えれば、えらそうに息子のことなど言えないのだった。あの頃は、寝ても寝ても眠かった。頭も身体も、そして心までも含めて、全身が眠りを必要としていた。

今は違う。五時間も眠ればひとりでに目が開く。もっと短時間で目覚めてしまって、そのあと朝まで眠れないこともある。長く眠れるのも体力あってのことだというのはきっと本当なのだろう。

浩太の食べたぶんの洗いものを済ませ、時計を見上げた。

「え、うそ！」

そう、息子のことは言えない。急がなくては打ち合わせに遅刻しそうだ。

サンダル履きで小走りに横切る庭では、このところ目を楽しませてくれていた芍薬がいよいよ終わり、地面に濃い色の花弁を散らしていた。もう半月もすれば紫陽花(あじさい)が色づき始めるのだろう。

庭先に建つ六畳一間の小さな離れは、動物行動学の権威だった父が亡くなる間際まで使っていた書斎だ。今は私の仕事部屋であり、二年前からは寝室でもある。

今どき、二人の子どもがいながら自室を持っている女性がどれくらいいるかを考えればかなり恵まれていると思うし、この家と土地を遺してくれた父だけでなく、夫にも感謝している。そもそも父と同居してくれたこともそうだけれど、二年前、離れで寝起きしたいと言いだした私の意思を受け容(い)れてくれたのは大きかった。

それまでは正直、いろいろあった。いちばんひどい時は夫と同じ空気を吸うことさえ嫌だった。それが、結婚十八年目にして夫婦の寝室を別にしてからというもの、私たちはむしろ、これまでよりもかなりうまくいくようになった気がするのだ。

財布や手帳、スマートフォンなどを一つひとつ確かめながらバッグに入れ、急いで髪をとかし、身支度をととのえた。離れと母屋、ともに鍵を閉めたことを指さし確認してから門を出る。

と、目の前の通りに、黒っぽい縞模様(しまもよう)の猫が二匹、少し離れてうずくまっていた。私の姿を見てすぐに、なんだいつものおばさんか、と警戒をゆるめる。

いずれも片方の耳の先が桜の花びらのようにちょっとだけ欠けているのは、避妊や去勢手術が済んでいる証しだ。この子たちはもう子孫を残しません、一代限りの地域猫としてその一生を優しく見守って下さい——保護猫団体のボランティア活動にはほんとうに頭が下がる。

時間さえ許せば、離れの縁側に呼んで煮干しでもご馳走したいところだが、さすがに間に合わない。近寄って撫でまわしたい気持ちを懸命に抑えて、私は駅へと急いだ。

＊

自分はいったい誰なんだろう、と考えてしまうことがある。

仕事の上では〈北川九美〉という名前をそのまま使っているけれど、戸籍に載っている苗字は結婚によって変わった後のものだ。

夫の真一にとっては〈妻〉で。

子どもたちにとっては〈母親〉で。

私の両親にとっては〈娘〉で。

夫の両親にとっては〈嫁〉で。

ついでに言えば、勤め先の肩書きは〈副編集長〉だ。

けれどそれらはみな役割の名称でしかない。だとしたら素の私自身は、いったい誰なんだろう？

時々ふとそんな考えが脳裏をよぎるようになったのは、四十代の半ばにさしかかってからのことだった。まだ何者でもなかった十代の頃、言い換えればこれから何者にでもなれた頃の自問とは、また違った感覚でそんなふうに思って、思うたびにかすかな不安を覚える。

それはちょうど、階段の途中でふいに足もとを意識する時に似ていた。何も考えなければすんなり上り下りできているはずが、意識したとたんにつまずきそうになる。正確には、つまずくんじゃないかと思った瞬間にハッとなって次の一歩をためらうから、結局つまずく。足もとなんか気にしないほうが日々は楽に生きられるのだという教訓かもしれない。

「北川さん、内線三番にデンワー」

物思いから覚め、本や書類の山越しに声のほうを見た。

私を呼んでいるのは佐藤（さとう）編集長で、保留のボタンを押し、手にした受話器を置こうとしているところだった。この部署にはつい先週異動してきたばかりの編集長だが、以前も別の部署で一緒だったのでお互い気心は知れている。編集部のほとんどが出払っているせいで、彼が電話を取ってくれたらしい。

「あ、すみません。どなたからです？」

「榊原（さかきばら）先生」

思わず、うっ、という顔をしてしまったと思う。携帯の番号も伝えてあるのだけれど、榊原氏はまず編集部に電話してくる。

「こちらからかけ直すって言ったほうがいいかな？」

「……いえ。出ます」

深呼吸をし、意を決して受話器を取った。

「お電話かわりました、北川です」

『ずいぶん忙しそうだね』

さっそく御注意を頂いてしまった。

「すみません、お待たせしてしまって」

榊原邦光氏は、大御所と呼ばれる作家の中でも、いろいろ難しいことで有名だ。私だって榊原氏のページを担当するようになってからまだ一年ほどしかたっていないので、受け答えにはどうしても慎重になる。

とはいえ、そんな榊原氏の偏屈なキャラクターが広く世に知れ渡っているからこそ、読者は彼の作品を楽しみに読むのだ。私たちが作っているのはいわゆる暮らしの情報誌だけれど、氏には冒頭のページに長めのエッセイを毎月寄せてもらっている。毒舌と諧謔にあふれた文章は、連載十年を超えてほとんど名物のようになっていた。

ちなみに今日の用件は、予定していた打ち合わせの日時を変更して来週末に延ばしてほしいというものだった。内心、ほっとした。予定より早めてほしいと言われたらどうしようと思ったのだ。

「わかりました。では、十日の十二時半にラウンジでお待ち合わせということで」

最初の予定を二重線で消し、翌週の同じ曜日の欄にそのとおり書き入れる。

仕事のスケジュールばかりでなく、私の手帳には浩太や優子の学校関係の予定も書き込まれている。保護者会に役員会、三者面談。あるいは運動会や学芸会、文化祭。それら学校の催しのほかに、それぞれの塾関係の集まりもあれば、優子が習っているピアノの発表会だってある。

どれもこれも仕事を理由にすっぽかしていいものではないし、仕事だって家庭の事情を理由に疎かにするわけにはいかない。両立なんて無理なんじゃないか、外で働くのをやめて家にいたほうが子どもたちのためなんじゃないか……。昔からしょっちゅう迷ったり悩んだりして、それでも今のところ、何とか仕事を続けている。ここ数年は、浩太が少しずつでも手助けをしてくれるようになったおかげでだいぶ楽になった。夫は、現実的な面ではあまり頼りにならない。妻が働くのを応援してくれるだけましか、とは思いながらも、お互い同じように働いているのにどうして母親ばかりが子育てに家事にとあたふたしなくてはならないのか、それを考えだすとまた憎らしくなってくるので考えないようにしている。

電話の向こうの大先生が矢継ぎ早に投げかけてくる言葉に、できるだけ丁寧に答えを返しながら、ぱんぱんにふくらんだ分厚い手帳を広げる。スケジュール管理はもちろんのこと、覚え書きのメモや、沢山の人のアドレスや……アナログだけれど、そして今となっては時代錯誤でもあるだろうけれど、私はいつも必ず紙にペンで書く。スマートフォンひとつで済むなんて言われても、この目でぱっと見わたして把握できないものは胡散臭くて不安なのだ。

「はい、確かに承りました。お忙しい中お時間を頂いて恐縮ですが、楽しみにしておりますのでどうかよろしく……いえ、わざわざありがとうございました。失礼いたします」

先方が電話を切るまで、たっぷり待ってから受話器を戻す。

ふう、と息をついて顔を上げると、佐藤編集長がこちらを見ていた。同情的な、でも探るような視線だった。

「榊原先生ってさ」

と、彼は言った。

「僕、まだ異動のご挨拶に伺えてないんだけど、ふだんはどういう感じなの？」

いい大人のくせして、今日もまた頭のてっぺんの髪がぴょこんと立っている。寝癖じゃなくて癖毛なんだよ、と当人はいつも主張するけれど、真偽のほどは知らない。

「ふだんはって、ふだんからああいう感じですよ」

「マジでそうなの？　テレビとかで見るのと違って、会ってみたらじつはすごく腰の低い人だったとかさ。そんなようなことは、あったりしないの？」

「そんなようなことは、あったりしないですね」私は言った。「残念ながらというか何というか、要するにあのまんまの方ですよ」

「あ……そう」

佐藤編集長は肩を落とした。

「ええと、ちなみにいま延期になった打ち合わせって、いつだっけ？」

「十日の十二時半ですけど」

「それ、僕も一緒に行かせてもらっちゃ駄目かな」

え、と目をやると、彼はひどく情けない顔をしていた。

「できるだけ早くご挨拶したほうがいいとは思うんだけど、最初から一人で会うのはちょっとさ」

私は付き添いのママか、と思わなくもなかったが、まあ確かに、新しい編集長がいきなり一人で押しかけるよりは紹介する人間がいたほうがいいだろう。

「わかりました。そのかわり、お願いですから、その日は絶対遅れないで下さいよ」

「うん。でも、なんで？」

私は黙って彼を見やった。

上司としてはなかなかありがたい人だけれど、佐藤編集長には昔から一つだけ悪癖がある。遅刻魔なのだ。

そして榊原氏がこの世で最も嫌うのが、時間にルーズな人間なのだった。

翌日の午後、私は電車に揺られていた。編集部のホワイトボードに〈直帰〉と書き込んできたのは、取材先の動物病院が奇しくも我が家から歩いて行ける距離にあるからだった。

先方の意向で撮影なしの談話だけ、ということで、カメラマンどころかライターも呼ばず、私が取材して記事まで書くことになった。そういうことは時々ある。弱小出版社の悲しくも自由なところだ。

今日は優子は塾だから、取材が早く終わって帰れれば、久しぶりに多少は手の込んだ料理を作れるかもしれない。うっかり乗り過ごさないようにスマホのアラームをセットしておいて、これから会う相手の著作を膝の上で広げた。

読書は私にとって、仕事の一環であると同時に大事な息抜きだ。雑誌のブックコーナーで紹介するために読むのは新刊本が中心になるし、必ずしも読みたくて読む本ばかりとは限らないけれど、そのぶん思いがけない出会いもある。こういう仕事をしていなかったら一生手に取らなかったであろう本に深く感動させられたり考えさせられたりすると、たまたま角を曲がったら綺麗な宝物が落ちていたみたいに、ものすごく得をした気持ちになる。

電車がガタンと揺れるたびに眼鏡がずり落ちてくるのを、中指で押し上げながら読み進む。

いっそのことコンタクトにしちゃえばいいのに、と浩太などは言う。いとも簡単に言ってくれる。

「母さん、今の眼鏡あんまり似合ってないしさ。っていうか、僕、眼鏡かけてない母さんの顔のほうが若々しくていいと思うんだけどなあ」

〈っていうか〉などとあらためて付け加えてもらうまでもない。私だって、眼鏡をかけていない自分の顔のほうがずっと好きだ。

けれどそこには、根源的な問題があった。

怖いのだ、コンタクトレンズが。透明とはいえあんなに大きな異物を、それも自分の手で目の中に入れるなんて狂気の沙汰としか思えない。

昔、使い捨てのソフト・コンタクトレンズが普及し始めたばかりの頃、友だちはみんなこぞって試し、その便利さと解放感を褒めたたえた。

「楽だよう?」と、当時仲良しだった由美恵も言っていた。「慣れちゃえば、入れてることも忘れちゃうくらいだよう？」

入れていることはなるほど忘れられるかもしれないが、それはあくまで入れるのに成功した後の話だ。いくら痛くないと言われようが、怖いものは怖いのだから仕方ない。

そんなわけで、私は四十数年間というもの、眼鏡ひとすじでやってきた。近視にいくらか乱視が混じっている私の目にとって、眼鏡はうっとうしいけれどもなくてはならない相棒だった。

ただ、最近、愛用の眼鏡がいまひとつ合わなくなってきた気がする。かけているのに近くの文字が読みにくい。暗いところならなおさらだ。雰囲気重視のレストランでメニューを差し出されても読めたものではないし、薬瓶の裏の注意書きなど、デスク用ライトの真下まで持っていった上でなおかつ腕いっぱいまで遠くに離さないと何が書いてあるかもわからない。一回何錠という最も重要なはずの情報が、どうしてこんな芥子粒（けしつぶ）どころか塵芥（ちりあくた）のように小さな字で書いてあるのだろう。本当にそれでいいと思っているのかと、製薬会社の担当者の胸ぐらをつかんで揺さぶってやりたいくらいだ。

——老眼。

なんと容赦のない言葉だろう。何かもうちょっと他に、いい感じに曖昧（あいまい）で柔らかい呼び方はないものだろうか。たとえば、老年のことを熟年とかシルバー世代と言い換えるみたいに。

夫から届くＬＩＮＥの文字がぼやけて読めず、スマホの画面を思いっきり遠くに離しては両目を細める私を見るたび、優子はおかしそうに笑う。

「何やってんの。もっと近づけないと見えるわけないじゃん」

視力１・５の小学五年生にはわかるまいと苦笑しながら、あなたはどうかその目を大事にしなさいよ、と思うのが常だった。

アラームが鳴るより前に本を閉じ、いつもの駅で降りて、自宅とは反対の方角へ向かった。動物病院の入口には〈午後の診療は四時からです〉との札が出ていたが、約束は二時だったのでかまわず入ってゆく。

「すみません、ちょっとこちらでお待ち頂けますか。さっき急患が入ってしまったんですが、院長はもうすぐ手が空くと思いますから」

と、受付にいた若い看護師が申し訳なさそうに言った。

私は早々に今夜予定していた〈手の込んだ料理〉をあきらめ、そうすると時間は気にならなくなった。

三十分ばかりたっただろうか。奥の診察室のドアが開き、白衣を着た男性医師が姿を見せた。

「お待たせしてすみませんでした」

五十は過ぎているはずだが、ネットで見た写真よりむしろ若く見える。

「あの、急患と伺いましたけど……」立ちあがりながら私は言った。「お邪魔だったのではないですか？　何でしたら日を改めても」

「いやいや、大丈夫です。どうぞ、よかったらこちらへ」

勧められるまま、私は診察台の前の白いスツールに腰掛けた。向かいに座った院長は平たい顔に眼鏡をかけている。それだけで親近感がわく。

「十九歳のおじいちゃん猫なんですよ」と、院長は言った。「かなり危険な状態で運び込まれてきて、検査をしたところ腎臓（じんぞう）がほとんど機能してなくてね。しかも全身に腫瘍（しゅよう）が広がっていて」

「ああ……かわいそうに」

　点滴をして、尿が出たことでちょっとは持ち直したようだけれども、おそらく生きてあと数日だろうという意味のことを院長は言った。

「年も年だし、手術はもう意味がないと思うので、痛みだけ注射で取り除いて、あとは落ち着けるご自宅でゆっくり看取（みと）ってあげたほうが——っていう話をさっきオーナーさんにしたところです。この人もかなりのおじいちゃんなんだけど、だったら家に上げてやれるように準備するから、今夜一晩だけ入院させて欲しいってことになりました」

「そうだったんですか……」

「ま、そんなわけで、今はとりあえず大丈夫です」

院長はこちらを見て、にこりとした。

「北川さん、でしたね。これまで、動物を飼ったことはおありですか」

私は頷いた。

「今は飼ってませんけれど、子どもの頃から高校生くらいまで家には必ず猫がいました。父がとにかく大好きで、私はもう、好きというより兄弟みたいにして育った感じです」

「なるほど。よかった」

「え」

「飼ったことのない人を相手に生きものの話をすると、どうにもこう、いちばん大事な部分が通じないことが多くて。いやよかった、だったら安心しました」

豊かに響く声だった。これは病院がはやるはずだ、と秘かに思った。これまで様々な職種の相手にインタビューをしてきたけれど、成功している人に共通するのは顔の良さよりも声の良さだというざっくりとした実感がある。

昨今のペットブームの問題点について。犬や猫の飼われ方の変遷について。この地域の保護猫活動に協力している理由や、あるいは忙しさに追われ孤独をもてあます現代人が動物と暮らす際の心構えについて。

　こちらの訊くことにいちいち真剣に考えて答えてくれる院長の話に引き込まれ、気がつけばあっというまに小一時間たっていた。本来なら休憩時間だったところをすっかり煩わせてしまったことを詫びる。

「いやあ、お気になさらず。僕としても、安易な気持ちで生きものを飼う人たちにはほとほと困ってますんでね。いい記事にして下さると助かります」

「はい。精いっぱい努めます」

　答えると、院長はふっと目尻を下げた。

　そういえば、と言葉を継ぐ。

「北川さんはずっと猫を飼ってらしたそうだけど、中でもとくに記憶に残っている子っていますか」

　考えるまでもなかった。

「ええ、います」

「どんな猫ちゃんでした？」

「雑種でしたけど全身真っ白で、片っぽの目は金色で、もう片っぽが青で」

「ああ、オッドアイ」

　そう、そんなふうに呼ぶことも父に教わったのだった。あるいは〈金目銀目〉とも。

「私が学校の帰りに拾ってきたんですけど、うんと小さかったから『チイ』って名前にしたんです。尻尾の先までまっすぐな、ほんとうにハンサムな子でした。性格もよくて、賢くて」

「完璧だ」

「ええ。だから短命だったのかも」

院長が顔を曇らせた。

「何歳で？」

「まだ七歳でした。小学四年生の時に飼い始めて、ずっと一緒に過ごしたんです。でも……看取って、やれませんでした」

「というと？」

「ご近所のどこかの家がまいた殺鼠剤まじりの餌を食べてしまったらしくて……私が学校から帰った時にはもう」

もう、とっくに冷たくなっていた。

〈チイ。ねえ、チイってば〉

呼んでも、呼んでも、二度とふたたび起き上がってはくれなかった。ひらべったく固まった身体にとりすがって、どれだけ泣いたかわからない。顔を埋めれば眼鏡が当たって邪魔で、かといって眼鏡をはずせば白い姿がぼやけた。

チイと、布団を分け合って眠るのが大好きだった。中学の三年間、断続的に続いた陰湿ないじめ。担任教師からの、何となくおかしな感じのするスキンシップ。親には話したくなくて、それでも抱えておけないことはぜんぶ、チイの耳にだけ打ち明けてきた。友だちがいないのをいいことに黙々と勉強し、同じ中学の人間が誰も行かない高校へ進んだことで、暗い日々がようやく終わりを告げた矢先だったのに、私はいちばん愛しい存在を亡くしてしまったのだ。

　思えば、毛色のせいばかりでなく儚い印象の子だった。ひたむきに私のことを見つめている時でも、金色の目はこちらを向いているのに、青いほうの目はここではないどこかを見ているようだった。たとえば平行宇宙か、もっといえばあの世を覗いているかのような遠い感じがした。

　立ち直るのに、ずいぶん長くかかった。二年生に上がり、例の由美恵たちと仲良くなるうちにはだんだんチイの不在にも慣れていったけれど、時折思い出すのは最後に見た時の平べったい身体と、半開きの口から舌をだらんと垂らした死顔で、あんまり辛すぎるからそれ以来一度も猫と暮らしていない。父も私の気持ちを知ってか、飼おうとは言いださなかった。

「なるほど、そうでしたか」

　院長は、温かく乾いた声で言った。

「それは、お辛かったでしょうね」

驚いたことに、鼻の奥がずわんと痺(しび)れた。三十年も過ぎた今になって、あの子を悼(いた)んでもらえるとは思わなかった。

「ちなみに、私の下の名前は『九美』っていうんですけどね」

人には滅多に話さないことを、診察台に人差し指で字を書きながら言ってみる。

「名付けたのは、動物学者だった父なんです。『猫に九生あり』っていうことわざにちなんで、この先どんな人生を歩んでも何度生まれ変わっても美しくあれ、みたいな意味でつけたらしいんですけど、もう、ツッコミどころ満載でしょう？　そもそも学者のくせに猫の生まれ変わりを信じてるのか、って」

笑った院長が、いやいや、と首を振った。

「僕だって信じてますとも。科学だけじゃ説明の付かないことっていっぱいあるものでね。猫の生命力といったらほんとうに尋常(じんじょう)じゃなくて、これまで何度びっくりさせられたことか」

「はあ」

「九回生きるどころか、ねえ、知ってますか？　猫は、一生に一度だけ、人間の言葉を喋(しゃべ)るんです」

「……は？」

思わず訊き返した時だ。

「お話し中すみません」

さっき受付にいた看護師が、奥から顔を覗かせた。

「院長、ちょっとよろしいですか」

その強ばった面持ちに、院長が「失礼、すぐ戻ります」と立ちあがって奥へ行く。

ことさらに耳をそばだてる必要はなかった。薄いカーテンの向こうから、話の内容はすっかり漏れ聞こえてきた。

先ほどの急患、余命幾ばくもないというその猫を預けて帰った飼い主に、ひとまず点滴が効いて頭をもたげる力は出てきたことを伝えようと思って電話をしたのだが、通じない。どうやら、書類に書かれた電話番号も住所も全部でたらめらしい。

やがて戻ってきた院長は、いっぺんに疲れた様子だった。私の顔を見て、聞こえてましたか、と苦笑する。

「こういうことって時々あるんですか？」

「まあ、たまにね」院長は深い溜め息をついた。「それを防ぐために、入院の場合は預かり金を置いてってもらったりもするんだけど、さっきは持ち合わせがないってことで。何となく嫌な予感はしてたんだ。やれやれ」

「どうするんですか、その猫ちゃん」

私は訊いてみた。

「うーん……これは、記事には書かないでもらえますか」

「もちろんです」

「明日の約束の時間まで待って、あのおじいちゃんが迎えに来なければ、治療はそれ以上は続けません。うちは開業医であってボランティアではないので、運び込まれる患畜たちをただで診ることはできません。どこかで線を引かないと、きりがない」

院長の言っていることは、私にも理解できた。

できたけれども、ふっと思った。その猫がもし、一度だけ人の言葉を喋るとしたら、今この局面で何と言うだろう。案外、〈もう結構〉と言いそうな気もする一方で、〈まだ死にたくない〉とか〈痛いのは嫌だ〉とか言うのではないかと想像すると、胃袋の後ろ側あたりが釣り針でもひっかかったかのように引き攣れる。

「ありがとうございました。原稿が上がったらメールでお送りしますので、すみませんがチェックして頂ければと」

時間を取ってもらった礼を言い、診察室を辞した。受付に看護師の姿は見えなかった。

ガラスドアを押して外へ出る。そよ吹く夕風は、遅い春というよりはもう初夏の気配がして、身体にまとわりついていた消毒薬の匂いが薄まってゆく。

駅の方角へと、商店街をのろのろ歩いた。いったい何を考えているのだ、と自分を戒める。猫の姿すら、見てもいないのに。

それなのに、声が聞こえるような気がするのだ。いま苦しがっているおじいちゃん猫の姿が、断末魔のチイに重なる。あの子だってもしかしたら喋ってくれたかもしれないのに、一生に一度のその言葉を、私はとうとう聞くことができなかった。

立ち止まろうとするより前に、勝手に足が止まる。

きびすを返してからは早足になった。

明日もしも飼い主が現れなくても、そのあとの治療費は負担しますし、いよいよとなったら最期は私が家で面倒を見ます。これも何かの縁ですから、と頼み込んだのだが、院長は最初のうち反対した。一時の感情でそういうことはしないほうがいい、と言った。

私は粘った。あんなにしつこく粘ったのは初めてかもしれない。こちらがどこまでも真剣なのを見て取ると、院長はようやく奥の処置室へ連れて行って、透明な酸素室に入れられたその猫に会わせてくれた。

チイとは似ても似つかない、煤(すす)けたような灰色の猫だった。前肢(まえあし)の静脈に点滴の針が固定されていても、嫌がる元気もないまま肩で浅い息をついている。骨が浮き出てガリガリだった。

「大丈夫だよ」

かがみこみ、目の高さを合わせて私はささやいた。

「安心して、好きなだけ生きるんだよ」

チイは青いほうの目だけだったけれど、おじいちゃん猫はすでに両目ともがどこかここでない場所をさまよっているようで、視線が結ばれることはなかった。ばかなことをしている、と自分でも思った。

翌日、病院から電話があって、飼い主は現れなかったと教えてくれた。念のためにもう一日だけ待ってもらってみたけれど、やはり連絡はつかなかった。

二日間入院して集中治療を受けたことで、猫の容態はだいぶ良くなり、自力で立ちあがって水を飲み、ペースト状のフードをごく少量ながらぺちょぺちょと舐めるまでになっていた。

夕方、病院のキャリーボックスを借りて家に連れ帰ると、

「げ、何この汚い猫」

浩太はぎょっとした様子だった。

「何日かだけになるかもしれないけど、うちの家族」

私が言うと、優子が黙って立ちあがり、小鉢に水を汲んできてくれた。

佐藤編集長に事情を話すとあきれられたけれど、おかげで私はしばらくの間、仕事をできるだけ早めに切り上げることができるようになった。会社のあと病院へ寄って猫を

連れ帰り、夕食までの間は家族と一緒に過ごす。夜は、離れに用意した浅い段ボール箱にそっと寝かせてやる。足もとはおぼつかないものの、猫は尿意を覚えると箱の隣に私が置いたトイレまでよろよろと起きていって、ちゃんとそこで用を足した。確実に死へ向かっているには違いないのに、何もあきらめず、かといって何も求めず、少しも慌てないのが見事だった。

ゲラを読んだり書きものをしながら様子を見守り、猫の寝息に耳を澄ませながら眠って、朝になるとまた病院に預けて出勤する。点滴や投薬はその間にしてもらい、夜中はまた静かな場所で休ませてやる。チイにしてやれなかったことの罪滅ぼしみたいなもので、結局のところ自己満足でしかないとわかっていたけれど、この選択に後悔はなかった。猫のほうも撫でられると喉を鳴らし、私のことを目で追いかけるまでになった。

「きみらしいよ、まったく」

週末の夜中、離れを訪ねてきた夫はそう言って苦笑した。

「この猫、名前何ていうの」

「元のは知らない。新しくはつけてない」

「どうして」

私が答えずにいると察したらしく、そっか、と呟いた。

彼のほうも猫は嫌いでないはずなのだが、怖がらせると可哀想だからと無理には近づこうとしない。付き合い始めの頃、そういえば彼のこういう一歩引いた思いやりがとても好もしかったのだ、と思ってみる。寝室を別にして適度な距離を取ったことで、かつては良く知っていたはずの彼の長所をこうして再び感じられるようになった。

お互いにいちばん思いがけない変化は、最近時々、ここで抱き合うようになったことだ。それもまた久々に復活したのだった。優子が生まれた頃からぱったり途絶えていたから、もう十一年ぶりになるだろうか。なければないで別にしたくもならなかったのに、躯が思い出したとたん、妙に弾みがついてしまった。

ここでこういうことをすると、なんか親父さんに見られてるような気がする、と夫は言った。柱にも壁にも、たしかに父の気配はしみついていて、落ちつかないといえばそうなのだけれど、妙に煽られるものがあった。自分の中にそんなところがあるなんて初めて知った。

でもさすがに、いつ死んでもおかしくない猫のいる部屋ではどちらもその気になれなくて、私たちはこの日、子どもたちのことやお互いの親のこと、それに仕事のことなどをぽつぽつ話した。ガスは引いていないが、お湯くらいならポットで沸かせる。私は紅茶を淹れて飲み、彼は麦焼酎のお湯割りを呑んだ。二人とも黙ると猫の寝息が聞こえるばかりの、静かな土曜日の晩だった。

眼鏡をはずして目頭を揉んでいる私を見て、

「まだ換えてなかったの、眼鏡」

　夫があきれたように言った。

「うん。なかなかお店に行く時間がなくて」

「猫の面倒を見る時間は、無理してでも作るくせに」

　顔を見ると、彼は笑っていた。責めるつもりなどなく、ただそのままの意味で言ったらしい。

「幸せな猫だよ、こいつは」

「そうかなあ」

「なんで。そう思わない？」

「だって、飼い主に見放されちゃったんだよ。幸せだなんていうふうにはとても……」

「そうか？　僕はちょっと違うふうに感じたけどな」

　私は、再び眼鏡をかけ直した。

「違うふうって？」

「飼い主のそのおじいちゃんだって、この猫が可愛くなかったら最初っから病院へなんか連れてかないだろ。死にそうだってんで慌てて担ぎ込んだものの、結果を聞いてみりゃ毎日点滴が必要だっていう。さすがにそんな金はない。それで病院に置いてったんじゃないのかな。悪いこととは知ってても、どうしようもなかったんだよきっと」

「それ、見放すのとどう違うの」

「わかんないけどさ。どのみち助からないなら、自分のところで苦しんで死なせるよりは病院のほうがまだましじゃないかと思ったんじゃない？　だとしたら、気持ちはちょっとわからなくもないな、って」

夜が更け、やがて夫が「おやすみ」と母屋へ戻っていった後も、私はしばらく眠れなかった。途中まで読んでいた校正刷りを再び手に取ったけれどなかなか集中できず、ようやっと読み終えて明かりを消す頃には、窓の外が白っぽく明るんでいた。

猫は、ひたすらに眠っていた。

仕事と家事と看病に追われていると、毎日はあっという間に過ぎてゆく。休み明けの月曜日がめぐってきて、なけなしの気力を奮い立たせて一日を終えたかと思えば、すぐに週も半ばになり後半になる。

子どもたちもそれぞれ難しい時期だ。部活に精を出す一方、そろそろ大学受験のことも考えなくてはならなくてついナーバスになってしまう浩太と、思春期の入口にさしかかり、私が何か言うたびに口答えしたり逆の行動を取ったりせずにはいられない優子。本当はもっと向き合う時間を取ってやるべきとわかっていながらも、私には私なりに果たさなくてはならない責任があって、一日のすべてを彼らのためだけに遣うことはできない。

〈仕事の上での責任なんて、あなたじゃなくても誰だって代わりがきくじゃない〉

夫の母から、そう言われたことがある。

〈子どもにとって、母親の代わりは他にいないんだから〉

きっとそれは一面、真理なのだろう。

でも、〈母親〉である部分は私の中の一部であって全部じゃない。〈母親〉を全うするだけでは埋められない空洞があって、そこに〈妻〉を加えてみても、まだ埋まらない。そんなの贅沢(ぜいたく)というものよ、子どもたちのためなんだから我慢しなさい、と義母は言うだろう。世の中には実際、我慢に我慢を重ねている人たちが大勢いる。

けれど私は、わがままなまんまでいたいのだ。社会と繋(つな)がっている手応えを得たいという気持ちを、無理やりに抑え込みたくはない。できるだけ貪欲(どんよく)でいたいし、自分の人生の一瞬一瞬を自分の力で満ち足りたものにしていきたい。

贅沢と言われたってかまわない。充実とか達成感というものは、他人からは決して与えられないものなのだから。

――と、心が迷うたび、自分にそう言い聞かせる。

＊

佐藤編集長ほど温厚で、部下に理解があり、多少思いきった企画でも自分が責任をかぶる覚悟で進めさせてくれる上司はあまりいない。これであとはもう時間さえ守れたら完璧なんじゃないかと思うのだけれど、神様はどうしても一つくらい欠点を用意しておかなくては気が済まないらしい。

一年ほど前、私が榊原氏の担当を引き継ぐことになった時、それまでの担当者はしつこく念を押した。

「いい？　これだけは言っとくけど、くれぐれも時間には遅れないようにね」

もし遅れたらどうなるんですかと訊いたら、黙って首を横に振るだけで、答えてもらえなかった。

それだけに、初めての打ち合わせの時は緊張して十分近く前に着いた。先方はもう来ていた。目の前に置かれたコーヒーがすでに半分くらい減っているのを見て、私は青くなった。

平謝りに謝ると、

「遅刻ではないから何も言わないよ」

榊原氏はニコリともせずにそう言ったけれど、次から私は、必ず二十分前には着こうと心がけるようになった。こうなると何のための約束の時間かよくわからないが、渋滞や電車の事故などで万が一にも相手を待たせてしまう危険と、そこから生じるかも知れない問題への恐怖を思うと、早めの二十分は掛け捨ての保険みたいなものだった。

——その榊原氏との打ち合わせが、明日に迫っている。

念のため佐藤編集長の携帯にメッセージだけでも送っておこうとスマホを取り出したところへ、ピコンとショートメールの着信音が鳴った。

お疲れさまです。
明日の榊原先生へのご挨拶、
こちらは出先から直接向かいますので
現地集合でお願いします。
絶対！　遅刻しないように！
気をつけます！

律儀にも、末尾は〈サトウ拝〉と結ばれている。

私はほっとして、こちらこそよろしくお願いしますと返事を書き送り、もう一度文面を読み返した。

絶対！　のあと、合計三つも付けられた〈！〉に、心配と緊張がようやくほどけてゆく。これで遅れてきても後は知らないし、と思ってみる。いずれにせよ、顔合わせと打ち合わせが終わったら、私は早めに病院に寄り、猫を引き取って帰る。それだけは今から決めていた。

その晩、優子が大泣きをした。些細なことで兄妹喧嘩をした末に、浩太に泣かされたのだった。

小学校五年生の女の子が高校二年生の兄にかなわなくても当たり前なのだが、私はむしろ、浩太の余裕のなさのほうが気になった。いつもなら反抗期の妹のちょっとした暴言くらいは適当にあしらう彼なのに、虫の居所でも悪かったのだろうか。

もともと仲のいい兄妹だから、晩ごはんを間にはさみ、一緒にテレビ番組を観たりするうちにはしぶしぶながらも仲直りをし、優子が二階へ寝に行く頃にはもはや何も起こらなかったかのようだった。

あえて蒸し返さずにおくこともできたのだけれど、私は、勉強の合間にキッチンに下りてきた息子が麦茶のボトルを取り出そうと冷蔵庫を開けた、その背中へ言った。

「ねえ。さっきはどした？」

すると浩太は、麦茶を一口飲んで唇を湿らせてから言った。

「別に」

「もしかして、学校で何かあった？」

うつむいて黙っている。否定しないところを見ると、そういうことらしい。

急かさずに待っていると、やがて椅子にすとんと腰を下ろした。

「なんか、やんなっちゃってさ」

「何が」

「うーん……自分が？」

どこか照れ隠しのような、でも半分投げやりな感じもする苦笑を浮かべて、浩太は渋々続けた。

「うちの吹奏楽部に今年入った一年の女子がさ。僕と同じクラリネットだって話、したじゃん」

「ああ、あの、小さい頃から音大の先生について習ってるっていう子？」

「そう。その子がやっぱ、ほんと上手でさ。当たり前なんだけど、僕なんかよりはるかに巧(うま)くて……先生にも認められて、今度のコンクールの自由曲でいちばん難しいパートを吹くことになったんだわ」

なるほど、そういうことかと思った。いちばん難しいパートは、去年までなら浩太が任されていたはずだ。中学の吹奏楽部からずっとクラリネットを担当してきて、次期部長候補になるくらい部活に全力を傾けている彼としては、プライドの深く傷つく出来事だっただろう。

「その一年生の子がさ、まためっちゃいい子なんだ。性格いいし、可愛いし、僕のことも先輩先輩って慕ってくれるし。それなのに、なんか苛々すんだわ。みんなの手前、その苛々を見せないようにするのにいちいちストレス溜まってさ。こういうの、もう、ほんっとやだ。自分で自分が、すっげぇやだ」

一つひとつ言葉を選んで話している浩太は、さすがに泣いたりはしない。それでも、夫によく似た黒目がちの瞳はひどく雄弁で、今は胸の裡の苦しさや哀しみをせつせつと湛えている。

あなたが今抱いているその悩みは、天から超越的な才能を与えられなかったほとんどすべての人たちが、人生のどこかで必ず抱く悩みなんだよ——などと、目の前の彼に言っても何の慰めにもならない。私の息子は今、自分の心を持ちこたえるだけでいっぱいいっぱいなのだ。そしてそれは無理もないことだった。

キッチンの隅に置かれた箱の中で、猫が身じろぎする。灰色の毛並みは艶をなくしてぼさぼさなのに、虚空を見つめるその姿には風格さえ感じられる。

「あんたが悪いわけじゃないよ」

と、私は静かに言った。

「誰だって、同じ立場に置かれたら同じように感じるはずだよ。お母さんだってそう。仕事をしていて、自分よりも明らかにすぐれてる人と比べられたりしたら、とても平静じゃいられない。一応は大人だし、カッコ悪いから、無理して何とも思ってないふりを装うけど、やっぱりいい気持ちはしない。ストレス溜まるよ」

「……ふうん」

と、浩太が言う。まだ顔を上げない。

「だけど、そういう自分をいやだとか、嫌いだとかはあんまり思わないな。昔は思ったけど、今はそう思わない」

「……どうして」

「自分に欠けてるところを認められない人は、絶対、今以上の何者かになんてなれないから。一度はちゃんとコンプレックスを自覚して、ああ悔しい、このままの自分じゃ嫌だって、そう思うことこそが、この先の成長へのバネになるんじゃないの？」

「それは……わかるけどさ」

「だったら、自分で自分のことがいやだなんて思うのもやめなさい。コンプレックスとか挫折って、それそのものはちっとも悪いものじゃないんだから。そりゃ、誰々ちゃんより劣ってるとか、かなわないって思うあまりに卑屈になって全部投げ出しちゃったらお話にならないけど、いま欠けてるところはあっていいんじゃない？　それに、浩太。

お母さん思うんだけど……」

「──なに？」

「浩太はさ、親の欲目とかを抜きにしても、今、すごくいい感じだよ。よく育ったなあ、よく頑張ってるなあって思う。えらいよ」

ふっ……と、彼が笑った。苦笑いが引き攣れて歪む。

「やっぱそれは、親の欲目だとは思うけどさ」

と、彼は言った。

「でも、まあ、サンキュ。僕が言うのも何だけど、母さんだってかなり頑張ってるほうなんじゃね？　子どもの欲目とかを抜きにしてもさ」

思わず吹きだしてしまった。

「そうでしょうとも、ふふふ」

「母さんのそういう、何ていうの？　こう、チャレンジャーな考え方も悪くないと思うしさ」

「あ、いいじゃない、それ。名刺の肩書きに入れようかな。美しきチャレンジャー、北川九美」

「そこまでは言ってない」浩太が冷静に却下する。「何でもいいけど、なるべく早くその眼鏡は買い換えなよ」

「えっ？」

「えっ、じゃなくてさ。前から言ってるけど、いいかげん思いきってコンタクトレンズも考えてみれば？」

「それと今の話とどう関係があるのよ」

するとと浩太は、まだほとんど飲んでいない麦茶のグラスを手に、椅子から立ちあがりながら言った。

「さっき、眼鏡かけて新聞読んでた時の目つき、なんか、ばあちゃんにすごく似てたよ」

＊

翌朝、いつもより早く猫を病院に預けて出勤した私は、会社のそばのカフェで親しいイラストレーターとコーヒーを飲みながら次号の特集についての打ち合わせをした。犬や猫の絵を、リアルに愛おしく描いてもらいたかった。

彼女と別れてからスマホを取り出そうとして、ぎょっとなった。バッグの中を底までかき回しても、無い。考えてみればカフェにいた間、一度もスマホを見ていない。会社のデスクの上に置き忘れて出てきてしまったのだ。

血の気が引くとまで言うと大げさだけれど、絶望的な気分にはなった。あの小さな物体が手の中にないというだけで、羽をもがれたかのようだ。緊急の案件が入っていないといけれど、と思いながら腕時計を見ると、榊原氏との約束の場所に向かわなくてはならない時間だった。デスクまで取りに戻っている時間はない。

仕方なく、地下鉄の駅へと階段を下り、待ち合わせしているホテルへ向かった。

佐藤編集長は遅れずに来てくれるだろうか。打ち合わせの内容よりも、そちらのほうが気にかかってたまらない。何しろ、スマホがなくてはその場で連絡する手段もないのだ。彼の遅刻癖をどうのこうの言う前に、私自身のこの不注意を大いに反省しなくてはならない。

地下鉄を降り、地上に出て道路を渡る。なだらかな坂になった車回しの向こう、重厚なガラスドアのそばで待ち構えていたドアボーイが、白い手袋をはめた手で私のためにうやうやしく開けてくれた。

分厚い絨毯（じゅうたん）に靴のヒールがめりこむのを感じながら、再び腕時計を覗く。大丈夫、いつもの通り、約束の時間のきっかり二十分前だ。三人が座れる席は空いているだろうかとラウンジを見渡す。

目を疑った。混み合う広いラウンジの奥、モザイクの壁画を背にしたテーブルに、榊原氏と佐藤編集長が向かい合っていたのだ。

ほっとすると同時に、こちらが遅刻したわけでもないのに気まずい、と思いながら急ぎ足でそばへ向かうと、私に気づいた編集長が、何とも言えない顔で口をぱくぱくさせながら腰を浮かせた。今日も、髪の毛がひと束ぴょこんとはねている。

「お待たせしてすみません」

二十分前だけれど一応謝りながら見ると、榊原氏の様子がおかしかった。控えめに言って、激怒していた。

「あの……？」

もしや佐藤編集長が何か機嫌を損ねるような失言をしたのだろうか、と思いかけた時、氏が、まだ立ったままの私をじろりと睨み上げて言った。

「連絡の一本くらい、入れたらどうなのかね」

「は？」

「ほんっとうに申し訳ございません！」

佐藤編集長が深々と頭を下げ、悲愴な感じの目を私に向けて言った。

「何があったの。さっきから何回も携帯に電話してたんだよ」

「え……ちょっと待って下さい、あの、お約束は十三時半じゃ」

「十二時半。北川さん、僕にもそう言ったよ。ほら、先週、先生から編集部にお電話頂いたあと。手帳にだって、ちゃんとその場で書きこんでたじゃない」

今度こそ、はっきりと、頭から血の気が引いていくのがわかった。

「ご……ごめんなさい、私、どうしてそんな勘違いを……」

声が震える。膝もだ。

でも、そんなはずはない。スケジュール表なら何度も確かめている。昨日も見たし、今朝も見た。

ラウンジのスタッフがオーダーを取りに来たけれどそれどころではなくて、私はバッグをソファに置き、革の手帳を取り出して広げた。十日のスケジュールを震える指で追う。午前中にイラストの打ち合わせ、そのあと。

榊原先生、13・30。

ほら、と言いかけて、はっとなった。自分の字だけれど、どう見ても「3」に読めるこれは……。

喉が、からからに干上がる。

「五分や十分遅刻してくる人間はいくらもいたけどね」

もはやこちらを見もせずに、榊原氏は言った。

「僕をここまで待たせたのは、きみが初めてだな」

失敗なら、若い頃からさんざんしてきた。今だったら考えられないくらい馬鹿な言動も山ほどあるし、ついうっかり忘れたり勘違いしたりといったことはそれ以上にある。私は、じつを言うと、もともとはひどく粗忽(そこつ)な人間なのだ。

だからこそ毎朝、持ちものを確かめ、玄関の施錠(せじょう)を指さし確認し、スケジュール表には自分の手と自分の字で予定を書き込むようにしているのだ。ボタンを操作してスマホに打ち込むより、そのほうがまだ忘れないで済むから、と。

けれど――。

「何度も確かめたのに、自分の書いた字を読み間違えるなんてね」

夜遅く、夫と向かい合うと、私はこらえきれずに溜め息をついた。彼は帰宅したときから私の様子に何かを感じていたらしく、夕食後は黙って離れへ来て話を聞いてくれた。お互いの間には今、ふだんなら特別な日にだけ開けるワインのボトルが置かれている。彼が抱えてきたものだった。

猫はといえば、今も壁際の箱の中で寝ている。あんな衝撃的なポカの後でも、夕方、病院にだけは忘れずに立ち寄った自分を褒めてやりたい。

この一週間ほどで、駅からまず我が家とは逆の方角へ歩き出すのが習慣になりつつある。毎日の点滴もむなしく、血液検査の数値は少しずつ悪くなっていたものの、痛み止めのおかげで苦しくはなさそうなのが何よりだった。

「確かにね、榊原先生からの電話を受けた時、十二時半ですねって復唱した気はするんだ。お昼過ぎか、混んでるな、なんて思ってさ。それなのに、後から手帳を見たらそっちの数字を信じちゃって……」

「まあ、そんなに落ち込む必要はないんじゃない？」と、夫は言った。「失敗は失敗だけど、何もずぼらで時間に遅れたわけじゃないんだからさ」

「そうだけど、それがよけいにショックでね。ずぼらだったら次から注意のしようもあるけど、ここまで確信を持って失敗したのは初めてだったから……。ちょっと、まいった」

「それで、その先生はどうしたの。怒って帰っちゃったとか？」

私は首を横に振った。

実際のところ榊原氏には、かなり長い間ご機嫌を直して頂けなかった。その末に、遅れた理由を話してみなさい、きみには説明する義務がある、と言われたので、何を申し上げても言い訳になりますがとことわった上で事情を説明すると、氏は私の手帳を覗き込み、私が読み間違えたくだんの数字を見て、ふん、と鼻を鳴らした。

そうして、ようやくこちらを見て宣った。

「きみがそうだと言うなら信じよう、という気になるのは、これまでのきみのふるまいを見てきたからだろうな」

ぐっと喉が詰まって、変な声がもれそうになった。

ありがとうございます、本当に、ほんとうに申し訳ございませんでした。深くふかく頭を下げる私に、氏は続けて言った。

「とはいえ、二度目はないよ。きみ、ここを出たらすぐにどこか専門店に寄って、まずはその眼鏡をちゃんと合うものに換えなさい」

　ひとしとおり聞いた夫は、くすりと笑った。

「いい先生じゃない」

「そうなの。うん、ほんとにね」

　会ってみたらじつはすごく腰の低い人だったとか、そんなようなことは、あったりはしない。けれど、一本きちんと筋の通った人であるのは確かだった。榊原氏にあれだけ厳しく叱ってもらえなかったら、私は今もまだぐずぐずしていたに違いない。

「で？　眼鏡は作り直したの？」

　再び、首を横に振ってみせる。

「なんで。言われたんだろ？　すぐちゃんとしたのに換えろって」

「うん。だからね」

　私は、自分の目を指さしてみせた。

　けげんそうに眉根を寄せた夫が、

「え、うそ！」

　思わずといったふうに声をあげる。

「だってきみ、あんなに……」

驚くのも無理はない。これまでずっと、何であれ異物を目の中に入れるということがどうしても怖くて受け容れられなかった。

でも、榊原氏との打ち合わせのあと佐藤編集長にことわって時間をもらい、近くで専門の眼科を探して検査とフィッティングをしてもらってみたら、何ということはなかったのだ。慣れるまでは少しふわふわして酔ったような感じがしたけれど、それ以外はほんとうにまったく、何ということはなかった。

「それ、今も入ってるとか？」

「もちろん入ってますよ」

夫は、へーえ、と何とも言えない声をもらした。まんざらでもない様子で私をまじまじと見る。

「で、感想はどうよ？」

言いながら身を乗り出してきて、私の目の中を覗き込む。

夫の顔がくっきりと見えすぎて、今さらのようにどぎまぎする。おまけに、お互いの間に眼鏡のレンズという遮蔽物（しゃへいぶつ）がないせいか、ひどく無防備なのだ。あれが私にとって透明な鎧（よろい）のようなものだったとしたら、やはり捨て去って正解だったのかもしれない。

「なあってば、どんな感じ？」

重ねて訊かれ、

「そうだなあ……」

私は言葉を探した。

「強いて言うなら、世界を取り戻した感じ、かな」


猫は、その明け方、旅立った。

私はといえば眼鏡をかけなくとも文字がよく見えるのが嬉しくて、目の疲れを無視して延々と本を読み続けていたのだけれど、ちゃんと教えてもらったおかげで異変に気づくことができた。

教えてくれたのは本人だ。

『じゃあ、そろそろいくワ』

少し巻き舌の、知らない男の声で言うのが聞こえ、ぎょっとなってふり返ったとたんに四肢を突っ張って痙攣している猫の姿が目に飛び込んできたのだった。

どうせ、信じてもらえないと思う。信じなくてかまわない。これは猫と私の間にだけあった出来事であって、私だけがほんとうのことを知っていればそれでいい。

たった一週間ちょっとの付き合いだったというのに、自分でもびっくりするほど涙は次々に溢れて頬を伝った。コンタクトレンズが押し流されてしまうんじゃないかと思ったけれど、泣いたくらいではずれたりしなかった。

やがて息をするのをやめた灰色の猫は、寝床だった箱の中で平べったく見えた。顔を近づけると、もれてしまった尿の匂いがぷんとした。

耳のそばで、小さく呼んでみる。

「……チイ？」

何の違和感もなかった。姿かたちはまるで違っていても、猫は、その猫であると同時に、喪（うしな）われた私の猫でもあるのだった。

ほんとうに九生を生きるなら、またいつでも戻ってくればいい。見送るのが辛いなんていわずに、何度だってこうして見ていてあげる。

まだ少し温みの残る猫の輪郭が、滲（にじ）んではぼやけ、歪んでは溶ける。

私は、瘦（や）せた身体とぼさぼさの毛並みを撫でた。何度も何度も、すり切れるくらいたくさん撫でさせてもらった。

*

人差し指の上にのせた小さな丸いレンズが、透きとおった花びらみたいにふんにゃりと柔らかく傾（かし）ぐ。お店で教わって練習した通り、同じ手の中指で下まぶたを、もう一方の手の指で上まぶたを大きく開き、レンズをゆっくりゆっくり目に近づけて、鏡を見ながら黒目の部分にそうっとのせる。何回かまばたきをすると、世界はもう私のものになる。

たったこれだけのことを、どうして今まであんなに怖がっていたんだろう。

「だから言ったじゃん。母さんは眼鏡のない顔のほうがいいよ、って」

と浩太が言う。

「だから言ったじゃん。もっと近づけたほうがちゃんと読めるよ、って」

と、優子も真似をする。

彼らの言う通りだった。

鏡の前でいつものメイクをすれば、目尻の皺やこめかみの白髪は前よりくっきり見えるけれど、そのぶん眉やアイラインは美しく引くことができる。ついでに言うと、着る服までちょっと変わった。

身支度を調えながら、窓の外を見やる。

今日は雨が降っている。水音があたりを閉じ込めて、離れの書斎がなおのこと静かに感じられる。

窓から見えるところ、とうに散った芍薬の根もと近くに、あの猫が眠っている。埋葬のための穴を深く掘ってくれたのは夫で、その上に目印の丸い石を置いたのは私で、子どもたちはといえば、色づき始めた紫陽花をジャムの空き瓶に生けて供えてくれた。

その花と石の上にも、雨は等しく降りかかっている。今日あたり梅雨入りが発表されるのかもしれない。

バッグに財布を入れ、スマホを入れ、そして例の古い革の手帳を入れる。

そうして私は部屋を見わたし、

「じゃあ、そろそろいくワ」

誰にともなく言い残して、傘を片手に外へ出る。

ああ、なんて素敵な雨だろう。鎧を捨て去ると、顔に降りかかる滴(しずく)までが心地いい。

女か猫か

有栖川有栖

1

学生会館のピロティで、二人の先輩と出くわした。モチこと望月周平(もちづきしゅうへい)と信長こと織田(おだ)光次郎(こうじろう)。経済学部三回生のコンビと僕は、同時に相手に気づいて足を止める。彼らは三講目の授業に向かうところだった。

「今から昼飯か、アリス？ 今日はサービスでAランチが安いから狙い目や。この機会を逃(のが)すな」

ひょろりと長身の望月に薦(すす)められたが、気分は麺類だったので、僕・有栖川有栖(ありすがわありす)は曖昧に応じておく。

「ラウンジに誰かいます？」

学館二階のラウンジは、僕たち英都(えいと)大学推理小説研究会の溜まり場だ。総勢五名の弱小サークルなので、誰の顔もないことも多い。

「江神(えがみ)さんがいてるわ。さっきまで三人でBランチを食べてた」

短髪で短躯の織田が答えてくれる。部長も含めて、サービスデーでもAランチに手が届かない面々であったか。

「あとで」と別れかけたところで、望月が「おい」と言って織田の背中に肘を当てる。彼の視線をたどってみると、二十メートルほど離れた柱の前に二人の女の子が立っていた。片方は、推理研の紅一点である有馬麻里亜。僕と同じく法学部二回生だ。彼女が真剣な顔で向き合っている相手は、顔が見えないので判らない。

「マリアが友だちと話してるみたいですけど、どうかしたんですか？」

　望月と織田は、両側から僕を挟むようにして近くの柱の陰に誘導した。彼女らの死角に移動したかったようだ。

「マリアはええ。問題はその友だちや」

　望月が言うと、相方の織田が引き継ぐ。

「お前、あれが誰か判らんかな？」

　斜め後ろ姿しか見えていないのだから無理だ。黒髪が艶やかで、薄手のパーカーにジーンズ、足許はスニーカー。地毛が赤っぽくて、ベージュの秋用ジャケットに臙脂色のボウタイというお嬢様風のマリア――実家は東京の成城。実際、ちょっとしたお嬢様ではある――といささか対照的だ。

「アーカムハウス」

それで判らんか、と織田は言いたげだ。アーカムハウスと言えば、生前は不遇だった怪奇幻想小説の大家、H・P・ラヴクラフトの作品を世に広めるため、その友人だった作家オーガスト・ダーレスとドナルド・ワンドレイが設立した出版社の名前であることぐらいは知っている。どうしてその名前がここで出てくるのか、と二秒ほど訝（いぶか）った。

「もしかして」彼女らの方を見てから「あのバンドのメンバー？」

あれは五ヵ月ほど前。ゴールデンウイークを少し過ぎた頃の土曜日だっただろうか。学館ホールで行われた新入生歓迎コンサートに「ロック好きやろ」と両先輩に誘われ、初めてアーカムハウスのライブを観た。いくつか出た他のバンドも悪くなかったが、女の子三人からなるそのバンドの歌と演奏は圧巻で、それだけでカンパ五百円では申し訳ないほどだった。

「華奢（きゃしゃ）やのに、ギブソンレスポールをがんがん弾きまくってヘヴィーな音を出してた子ですね？」

ボーカル兼ベースは、ロングヘアで上背があった。ドラムスはショートヘアで体格がよかったのを覚えている。

「そう、シーナちゃん」

名前を口にするだけで、織田は少しにやついている。彼女のファンであることはライブの前から宣言していた。去年十一月の学祭で見初（みそ）めたらしい。「可愛いからやない。

馬鹿ウマやろ。あの才能を評価してるんや」としつこく強調していた。

「なんでその子がマリアと立ち話をしてるんでしょうね」

「そこや」織田が僕を見据える。「俺が摑んでる情報によると、シーナちゃんは英文科の二回生。学年はマリアやお前と一緒やけど、学部が違うんやから接点がないはずやろう。なんでマリアがシーナちゃんを知ってるのか聞いておいてくれ」

そこで望月が「おい、そろそろ」

二人が去ってもマリアたちは話し込んでいた。相変わらず見えているのはマリアの顔だけだが、その表情が冴えない。深刻な悩みを打ち明けられているかもしれないので、こっそりと消えることにした。

茹で玉子をトッピングしたラーメンを独りで食べていたら、Bランチをトレイに載せたマリアがまっすぐやってきて、僕の向かいに座った。懐具合どうこうではなく、Aランチでは量が多すぎるのだろう。

挨拶抜きで訊かれる。

「さっき、モチさん信長さんとピロティにいたよね？」

隠れたつもりが丸見えだったらしい。

「いてたよ。マリアが話し込んでた相手は、アーカムハウスっていうバンドの子？　なんでマリアが知ってるんやろうって、二人とも気になるみたいやった」

疑問の答えは即座に明かされる。

「下宿が私と一緒なの」

下宿といっても彼女のねぐらは〈フローラル・ヴィラ〉といって、当然のごとくエアコンも完備したお洒落(しゃれ)なところだった。そこに住んでいるのなら、シーナちゃんも経済的に余裕があるのだろう。

「点と線がつながった」

「下宿で顔を合わしているうちに親しくなったので、ちょっと相談を持ち掛けられてた。些細(ささい)なことにも思えるんだけれど、恋する娘にとっては悩ましいんだろうな」

同じ下宿の女の子の恋愛相談を受けていただけか、と僕の興味は著(いちじる)しく減退した。シーナちゃんは、織田の心を波立たせるほど魅力的であることは認めるが、僕にとっては目の前でコロッケを食べている娘ほどではない。

「ふぅん。彼氏と喧嘩でもしたんかな」

「気のない声ね、アリス。あ、謝らなくていい。他人の恋の悩みに食いついてくる方が不躾(ぶしつけ)だから」

「セーフでよかった。そんな相談を受けるぐらい仲がええんやね」

「ギターのプレイスタイルはすごく攻撃的だったりするけれど、シーナちゃんは優しい子。素ではおとなしいの」

「マリアがその子と親しいのは、信長さんたちに話してもええんやろう？　これまで隠してたみたいやけど」

「話しそびれていただけ。だいたいあの先輩二人が、特に信長さんがシーナちゃんのファンだと知ったのは、つい最近なのよ。雑談の中で『平成最初の学祭はアーカムハウスのライブが楽しみやな。野外ステージのかぶりつきでシーナちゃんが見たい』とか言っていたから、へえ、と思った。アーカムハウス目当てでライブハウスにも行ってるみたいに言っていたっけ」

つい十日ほど前にそんな場面があった。望月が「アタックしてみる度胸はないのか？」と訊くと、織田は「ファンとして憧れてる状態が幸せなんや」と答えていた。

「彼女からどんな相談を受けたのか、興味はないわけね」

「いや、まあ」と応えたら、お気に召さなかったらしい。

「不躾でないのはいいとして、私たちが何を話していたのか、ちょっとは関心を示してくれてもよさそうな気もするな。――面倒臭い奴だな、と思ったでしょ？」

「付け足したそのひと言が面倒臭いわ。今日はどうしてん？　絡むやないか」

ここで「ごめん」と謝られて、ますます調子が狂いそうになる。

「ごめんね。人から相談されると過剰に感情移入してしまうことがあって、今がそれみたい。だけど、客観的に見ればやっぱり些細なことなんだけれど」

「まどろっこしいな。で、シーナちゃんがどうしたって？　彼氏の挙動に不審な点があって、ふた股をかけられているのでは、と疑心暗鬼になってる？」

　当たらずといえども遠からずだろう、というあたりに石を投げてみる。

「うーん、その領域に片足を踏み入れているかしら。これが実は、考えようによってはミステリアスな話で、ディクスン・カーの小説に出てきそうな密室の謎？」

「謎？　って、こっちに訊かれても判らん。友だちからの相談に密室の謎が出てくるやなんてわけが判らん。ほんまに今日はおかしいぞ」

　突っ込む僕を無視して、彼女はわざとらしく斜め上を見る。

「自分で言っておいて何だけど、カーの密室ものっぽいわ。ほんのりとオカルトの趣も盛られているし。推理研に所属する私が相談されたのも、神様の思し召しなのかもしれない」

　今度はもったいぶって気を惹こうとする。カーだの密室だのと聞いて、僕が興味を持ちだしたのを察知したようだ。

「密室の謎やったら解こう。ラウンジに江神さんがいてるらしいから、三人で考えようやないか。そのうちモチさんと信長さんも戻ってくるやろう」

「あ、そうか。今なら江神さん入り、モチさんと信長さん抜きで推理できるんだ。チャンスかも」

マリアは、二人の先輩が聞いたら傷つくような発言をする。どうしてそんな言い方をするのかについては、訊かずとも説明してくれた。

「あの先輩二人は、濃淡こそあれどちらもシーナちゃんのファン。彼女を悩ませている謎があると知ったら熱心に考えてくれるでしょうね。でも、事件について話そうとしたら、彼女のプライバシーに立ち入ることになる。ファンは、そういうのに触れない方がいいと思うの」

だから望月、織田がいないところで話したいと言うのか。その発想はなかった。ところで――

「待った。『事件』って言うたよね。事件性があるんか？　まさか密室殺人やなんていうことは……さすがにないわな。カーが小説にしたら、どんなタイトルになる？」

「さぁ。猫とか爪とかが入りそう」

どちらもミステリのタイトルに似合う単語だ。

「アリスの目の色が変わった。さっきまでとは大違い」

トレイを返却口に運び、二階のラウンジに向かいながら、僕は突如としてマリアに重大な告白をしたい衝動に駆られた。こんな日常的な時と場所であり得ないことを。ほんの数秒で振り払った後も、放ちそこねた言葉が頭の中で響く。

――君を前にして、君自身のことならいざ知らず、他の女の子の悩みに興味が湧くはずがないやろう。

2

ラウンジの昼下がりは賑やかだ。

午前中に授業を受けてランチを済ませた者、午後からの授業に出るため早めにやってきた者、学食にだけ用があって登校した者が顔を揃えて、どのテーブルも学生で埋まっていた。出遅れて居場所を確保しそこねたサークルのメンバーは、壁際でたむろして空きができるのを待っている。

肩まで長髪を垂らした江神二郎部長は陣取り合戦に敗れることなく、中ほどのテーブル——隣では〈京都を歩こう会〉が会誌の制作に勤しんでいる——に座って、窓の外を眺めながら煙草をふかしていた。

憩える賢者のようでもあり、人を斬ったばかりの剣豪のようでもあり、どうとでも見える。捉えどころのない人だから。よって、難解な事件が持ち込まれるのを待つ名探偵のよう、という比喩も成立するわけだ。実体は文学部哲学科四回生。

「一緒に考えてもらいたい謎があります」

部長の向かいのベンチに腰を下ろし切らないうちに、勢い込んでマリアが言った。僕はその右隣に座る。

「顔を合わせた早々、いきなりやなぁ。どういう種類の謎や？」

江神さんが視線をこちらへと移しながら尋ねたので、僕は反射的に答える。

「ディクスン・カー風の密室の謎やそうです。詳しい事情はまだ聞いてないんですけど」

下宿が同じで親しくなった女の子が抱えている問題であること。彼女はアーカムハウスというバンドのギタリストであること。望月と織田、特に後者がそのファンであることが、まずマリアの口から説明される。できるなら、望月と織田がいないところで話したい旨も。

「二人が帰ってくるまで一時間半ある。その間に片づきそうな問題か？」と江神さん。

「どうかな。金庫室みたいな堅牢な現場で起きた事件ではないんですけれど、一応は密室の謎ですから、そう簡単には解決しないかもしれません。だけど、江神さんの知恵を借りたら何とかなるかも」

江神さんは「アリスのも借りろ」と言ってくれた。マリアは失言に気づいて笑う。屈託がなくて、いい笑顔だ。

彼女は、事件関係者——全員が二回生——の紹介から始めた。この時になって、僕は初めてシーナちゃんのフルネームを知らないことに気づく。織田ならば承知しているのだろうが、ステージではメンバー三人とも下の名前で呼び合っていた。

まずは戸間(とま)椎奈(しいな)・アーカムハウスのギタリスト。文学部英文科。

小峰(こみね)美音子(みねこ)・同、ボーカリスト兼ベーシスト。社会学部。

庄野(しょうの)茉央(まお)・同、ドラマー。文学部心理学科。

そしてもう一人は、彼女らのオリジナル曲の作詞を担当している商学部の男子学生で、名前は三津木(みつき)宗義(むねよし)。

クラブノートと称する大学ノートに江神さんが書き込んでいくので、マリアは「そのページは後でよけておいてくださいね」と言った。望月と織田が見たら、これは何だ、と騒ぐのは目に見えている。部長は、了解している印に黙って親指を立てた。

「関係者はこれだけやな?」

訊かれて彼女は「はい」と答える。江神さんはその四人の名前をしげしげと見てからぽつりと――

「被害者は三津木宗義か」

的中していた。捜査会議を開始するなりの名推理かに思えたが、根拠を聞いてみるとまったく論理的ではない。

「単なる偶然なんやろうけど、バンドの三人の名前に共通点があって、彼だけがそこから外れてる。犠牲者であることを暗示してるかのように」

何が共通点なのか、椎奈に近しいマリアも判っていなかった。

「この三人は英都高校の出身で、高校時代から軽音でバンドを組んでいたそうです。名前に共通点があって引き合ったわけじゃないはずですけど」

「せやから偶然なんやろう。三人とも名前に猫が関係してる。早口言葉みたいな小峰美音子は下ふた文字がネコ。小峰という姓にもネとコが含まれているな。庄野茉央のマオは中国語の猫や。発音が違うけど」

東洋哲学もたしなむ江神さんだが、中国語に堪能というわけではない。

「はぁ」マリアはひと声発してから「椎奈ちゃんはどこが猫なんですか？　……あれ、そういえば何か引っ掛かってた。椎奈ちゃんの名前」

「戸間椎奈。トマシーナ」

部長はもったいぶらずに答えを明かした。『トマシーナ』は猫好きで有名な作家、ポール・ギャリコの小説のタイトルだ。確かトマシーナは主人公である猫の名前で、同作は著名な監督の手によって映画化もされていたはず。

「ああ、読んでないんですよ」

「僕も、まだ。ギャリコは『ポセイドン・アドベンチャー』しか」

バツが悪そうに言う後輩たちの反応を部長は笑う。

「読んでない傑作ミステリが話題になるたびに、『その話には入られへん。本は買ってあるんやけどな』と残念がったり言い訳したりするモチの真似をせんでもええ。猫好きの少年が死んで猫に変身してしまう『ジェニイ』の続編で、『トマシーナ』はそういう名前の猫が死んでしまってから……とか話してたら脱線するな。感受性が豊かなうちに読んでおきたまえ。椎奈という名前は、両親のどちらかが『トマシーナ』を愛読していたのかもしれへん」

　謎解きを急ぎたがっていたマリアが、つい脱線を誘いかける。

「江神さんって、猫好きでした？　猫や犬が大好きという片鱗を見た覚えはないんですけれど」

「猫も犬も可愛いし、人間よりは利口かもな。――三人の共通点が判ったら、三津木宗義が犠牲者になる理由が呑み込めるやろ。彼は猫の中に紛れた鼠なんやから無事では済まん」

「どこが鼠なんですか？」

　僕は、愚問を投げる役目を担った。

「三津木といえば、世界一人気のある鼠の名前やないか」

　マリアは、がくりと音を立てながら――いや、実際は立たないが――項垂れる。貴重な時間を空費してしまったことを悔いたのだろう。

「推理研らしくペダンチックで楽しかったけれど、本題に入るのが遅れてしまいましたね。私のせいもある？　ここからディクスン・カーまで急ぎます」

アーカムハウスは仲よし三人娘のバンドで、スリーピースながらブリティッシュ・ヘヴィーメタルのコピーを得意としていたのだが、一年ほど前にオリジナル曲専門のバンドに移行した。そうしたいと思っていたタイミングで、希ってもない作詞者が現われたのだ。ステージに立つことがないアーカムハウス第四のメンバー。それこそが三津木宗義だった。バンド名がアーカムハウスになったのも彼の発案で、以前はまったく違う名前だったらしい。

バンドが変身した経緯はというと、共通の友人を通じて、まず小峰美音子と三津木が出会う。「本当は文学部に行って山ほど小説を読みたかった」と言う彼が無類のロック好きで——ただし、もっぱら聴くだけ——、怪奇幻想小説を愛し、詩作を趣味としていることを知ったミネコは、「わたしらのオリジナル曲のリリックを書いてくれへん？」と持ち掛けた。すると彼は、「架空のメタルバンドのために作詞したものがある」といくつかの詩を見せた。ミネコが「これやわ！」と大喜びし、シーナとマオも「ええね」と認めて、三津木が曲作りに加わったのだ。

作曲を担当したのはギタリストのシーナではなく、主にミネコ。先にでき上った曲に、三津木はぴたりと当て嵌まる詩を書いて戻す。「はったりと虚仮威しがきつすぎるかも」などと言いながら提出されるダークな詩は、バンドの音楽性を固めた。いわゆる世界観が構築できたのだ。

彼女らはプロを志向していない。ミネコによると「下手なプロになるのが嫌。最高のアマチュアが理想」なのだという。

織田も陰のメンバーである三津木の存在は知らないだろうが、マリアは彼とも面識があった。

「三津木宗義という名前は戦国武将みたいですけど、色白で、小柄で、肩幅が狭くて、可愛い感じの子です。ある種の女子には人気が出るタイプ」

詩作をミステリの創作に置き換えたら自分と似ているな、と思っていたのだが、ここでひっくり返された。全然違うやないか。

どんな密室の謎が出てくるのかが気になるところではあるが、急がば回れとばかりに、江神さんは登場人物たちのもう少しくわしいプロフィールと人間関係を知りたがる。シーナについては、先ほどさらりと聞いたことをマリアは繰り返した。

「――という感じで、ロックをやると思う存分パワフルに自己表現ができる、それは他の手段では絶対にできないと思って、軽音に入ったんだそうです。彼女を勧誘したミネコさんは、とにかく歌がうまい。作曲も得意で、リーダーシップを取っています。ベースの腕も並みじゃないんですよ。アリスが横で頷いていますけれど。背が高くて、すらっとしてステージ映えします。さらに社交性があって、おしゃべりも楽しい」

並みじゃないどころか、ソロのチョッパーベースに感嘆した。歌の方は広い音域が武器らしく、ドスを利かせた低音と透き通ったハイトーンの往復が印象に残っている。

「マオさんはまたタイプが違って、なかなか複雑な人かも。演奏はワイルドで、ステージの外でもどちらかと言えば無愛想なんだけど、自己演出みたいです。人の話に対する反応の仕方なんかを見ていると、メンバーの中で一番繊細かも」

激しいドラミングの最中も表情を変えず、時折ぶつぶつ独り言を呟くのがとてもタフに映った。もしかすると、あれも演出か。

「人間関係については、シーナちゃんに聞いたとおり話します。音楽から離れた時間もずっと仲がよくて、三人でよく遊びに出掛けるそうです。ただ、三津木さんが加わってから微妙にバランスが乱れてきたそうで、シーナちゃんは『自分が原因だとしたら悪い』と元気のない声で言っていました」

「つまり」江神さんは右の耳たぶをいじりながら「彼女と三津木君が親密になって、それが他の二人にとって面白くなかった、とかいう展開かな?」

「はい。さっき三津木君について『ある種の女子には人気が出るタイプ』と評しましたけれど、アーカムハウスの三人は、男の子の趣味でも気が合ったんです。みんなが彼に好意を寄せながら、バンド活動が最優先だから抜け駆けはしない、と暗黙の諒解があったらしい。なのにシーナちゃんと彼の間で抑えられない感情が進んで、やがて隠し切れなくなった。やがてというのは、この夏あたりです」

かといって波風が立ったというほどでもなく、雰囲気が少しぎくしゃくする場面があっただけ、というのはシーナの言だから、実態がどうなっていたのか定かではない。ミネコやマオの憎しみを買っていたかもしれず、それがこれから語られる事件の犯行動機なのでは、と僕は先走って考える。

部長とマリアのやりとり。

「ぎくしゃくというのは、どういう感じだったんやろうな」

「喧嘩のはるか手前だったそうですよ。二人からシーナちゃんが詰問されたりもしていません。口には出さず、『そのへんにしておいてね』とやんわり注意されているようだった、と」

「微妙やな。抜け駆けした後ろめたさからくる気のせいやないのか?」

「どうかしら。私は、シーナちゃんの表現を借りてしゃべるしかできません」

「『喧嘩のはるか手前だった』が、喧嘩に発展する事件が起きたということか?」

「まさに。それが〈深夜の密室事件〉です。または〈謎の爪痕事件〉」

猫はどうした?　さっき「猫とか爪とか」と言った時は、アーカムハウスのメンバーの名前が揃って猫を連想させることにまだ気づいていなかったはずではないか、と疑問に思ったが、よけいな口を挟むことは慎む。

マリアは語りだした。

3

十一月四日。十日前の土曜日で、三連休の真ん中にあたる日の夕刻。

アーカムハウスの三人と三津木宗義は、小峰美音子の家に集まった。三週間後に控えた学祭コンサートの練習ではなく、余興と実験を兼ねたイベントのために。西京極のはずれにある小峰邸は昭和初期に建てられた西洋建築で、小ぶりながら界隈で異彩を放つほど瀟洒な造りをしていた。老朽化に伴う補修、改築を重ねてきただけに、妙に現代的な部分が随所にできて、西洋建築風になりかけてはいたが。

製菓商として財を成したミネコの祖父が建てた立派な屋敷だが、小峰家の来歴はどうでもよい。問題なのは、三百坪ある敷地の一角にぽつんと建つ離れ。そこには――ようやく登場するが――ディクスン・カーのミステリによく出てくる類の縁起がよろしからぬ伝承があった。

居候の住まいに供されたり、ビリヤードや卓球などの遊戯にふける場になったり、画学生にアトリエとして開放したりしてきた何の変哲もなさそうな離れ。ミネコが幼い頃は物置になっており、近所の従妹との遊び場にもなっていた。おもちゃ箱の中に飛び込んだようで、楽しい場所だったという。

　今は亡き祖父は、そこで遊ぶのを許してくれたが、一つだけ固く約束させられた。離れの中で決して眠ってはならない、と。不可解な戒めだ。ミネコが理由を尋ねたところ、「風邪を引くやろ」とのことだったが、腑に落ちなくてさらに問うと「方角が悪いよって、お化けが出る」と言われた。

　子供といっても幼児ではなかったから、「お化けなんか出えへんやろう」と思いはしたが、「方角が悪い」というフレーズが意味不明ながら恐ろしくて、約束を破ろうとはしなかった。風水の観点からその離れが凶相というのでもなかった。かつてそこで急死した年若い居候がいたため、祖父が自前のタブーを設けたらしい。亡くなったのは祖父の遠い縁者で、心臓に持病を抱えていたから不審死でもなかったが、死の前日に妙なことを口走っていたらしい。「夜中に誰かがいる気配がする。あそこには何かいるみたいだ」といったことを。

　心臓の病だけでなく、彼は仕事でしくじったことをきっかけとしたノイローゼにも悩んでいたので、幻覚だろう。しかし、そう言った夜に発作を起こし、翌朝に冷たくなって発見されたとなると、気味のいい話ではない。もともと迷信深いところがあった祖父にとっては、非常にショックが大きかったものと思われる。

　中学生になっても引っ掛かっていたミネコが「離れに秘密なんかないよね」と兄に言

うと、「危ないからよけいなことを知ろうとするな。西洋には〈好奇心は猫をも殺す〉という諺があるんやで」と真顔で忠告を受けてから、すぐに「はっ、秘密？　あるわけないやろ！」と大笑いされた。

この話がアーカムハウスのミーティングで出た際、酒も入っていないのに何の勢いでか、わっと座が盛り上がった。「泊まってみたい」「怖いから無理」と女性陣が言い合う中で、静かに微笑していたのが三津木宗義だ。

怪奇幻想小説の愛好家であり、作詞する際はそこからイメージや言葉を汲んでいる彼がこの不吉な戒めにそそられないはずがない。「どうなん？」「泊まってみる勇気がある？」「なさそうやね」と囃されているうちに、彼はきっぱりと言い放った。

「僕の直感によると、その離れには何かあるな。そこでひと晩、眠ってみたい」

言質を取った、とばかり歓声が上がった。

「ええよ。泊まりにきて」ミネコは言った。「今は物置でものうなって、大きなテーブルと椅子が置いてあるだけなんやけど、遊戯室やった頃の名残で壁際にベンチシートがある。そこで寝てもらえるわ」

即決したことに三津木はいささか戸惑っているようでもあったが、前言を取り消しはしない。

「毛布さえ用意してくれるのならベンチシートでいいよ。夜は冷えるかな」

「ストーブを持ち込むわ。テレビもない離れに泊まり込むんやったら敵は退屈やけど、三津木君の場合は詩人やから大丈夫やね」

マオは「ほんまにやる？　今やったら引き返せるよ」と言ったそうだが、言葉とは裏腹に、そう言われたら彼が後戻りできないと読んでいたのかもしれない。

シーナはというと、三津木らしい挑戦はいいとして、彼がミネコの家に泊まり込むことに抵抗を覚えたそうだ。そこまでマリアに語っていないが、深夜、ミネコが離れにこっそり忍んでいくことを案じたのかもしれない。

「ミネコの家の離れにまつわる伝承の真偽を確かめるための実験か。あっし、こんなん好きや」

マオが言った。彼女は気だるげに話す癖があり、〈あたし〉の発音が〈あっし〉に聞こえる。女・木枯し紋次郎か。

マオは続けて「しかも、被験者がメタルの詩人。ええね。――けど、実験やったら立会人もしくは証人が要る」

三津木が宵の口に「それでは」と離れに入り、朝になって「おはよう」と出てくるだけでは面白味に欠ける、と言うのだ。三津木は、これには抵抗した。

「僕がちゃんと眠るかどうか、誰かが横で観察するの？　無理。赤ん坊じゃあるまいし、それじゃ寝付けそうにない」

わいわい言っているうちに、次のようなプランがまとまった。

善は急げで、決行は次の土曜日。三連休の中日にあたるので、みんなで小峰邸の離れに集まり、食べて飲んで楽しむ。酒に強くない三津木はあるラインを超すといつも寝入ってしまうので、コンパを催すことで実験を成立させられるのだ。夜が更けてきた頃合いに、酔いが回ってきた三津木を残して女性陣は退出し、彼を放置する。翌朝、さてどうなっているか、と様子を見に行くと決まった。

「うん、これでいく」ミネコが宣言した。「三津木君を離れで独りにしたら、私らは母屋で寝よう。マオとシーナに泊まってもらう部屋はあるよってに。兄貴が独立したから部屋が空いて、客間が増えてん」

「ああ、そうしたらあくる日の朝、三津木君の様子をすぐ見に行けるね。あっし、それに賛成」

という場面におけるシーナの心境はというと、ミネコに変な下心がないことが判って、ひとまず安堵したそうだ。まさか、油断させておいて夜中にこそこそ……なる隠密作戦を企んではいないだろう。

いや、その可能性もゼロではない。警戒心が亢進していたせいもあって、彼女はこんな提案をする。

「実験というからには、遺漏がないようにしよう。酔うたら三津木君は寝る。色んな人の証言でも、必ず寝るのは確かやわ。そやけど、そのまま朝までぐっすりという保証はないやん。途中で目を覚まして、離れを抜け出してしまうかも」

「僕のこと、そこまで疑（うたぐ）る？」

シーナの心底を知らない三津木は呆れていた。

「せっかくの実験やからね。三津木君も『夜中に抜け出して、朝日が射してから戻ってきたんやないの？』とか言われとないやろ。そやから、私らが離れを出る時、テープで封印したらどうやろ？　そこに三人でサインをしといたら、インチキはできへん」

下心など皆無なのかミネコがすぐに賛同した。マオは黙って頷いていたが、ひょっとするとシーナが考えていることをすべて見透かしていたのかもしれない。

「封印はなぁ。トイレはどうするんだよ」

三津木の抗議はミネコに一蹴される。

「離れにもトイレ、あるねん。昔は人が暮らしてたから、もともとあったんやけど、遊戯室に使うてた時、お客様のために父が水洗式のものを付けたんよ」

三津木は外濠（そとぼり）も内濠も埋められて承諾するしかなくなっていった。面倒な実験ではあるが、彼としても怪しい離れに興味がなかったわけではない。

実験の模様をビデオカメラで記録しよう、と言いだしたのはマオだった。このあたりはいかにも学生のノリだ。提案したマオ自身は機材を持っておらず、ミネコのものも故障中だったので、シーナが持参することになる。

そして、事件当日を迎えたのだった。

家政婦の助けも借りてミネコがオードブルを用意し、せっせと離れに運ぶ。他の面々はアルコール類を含む買い出しの品々を携えて、午後六時にやってきた。小峰家の賓客ではないから仕出し屋に料理を頼むようなこともなく、催されるのはフライドチキンやピザやらをテーブルに並べた学生らしい飲み会だった。

立派なキッチンとダイニングがある母屋で宴を開くと、うるさくて家族に迷惑が及ぶので、ミネコの兄が大学時代にこのように離れを利用していた。マンドリン同好会の仲間を呼んで深夜まで騒ぐのだ。料理などの搬入や後片づけの手間は増えるが、それもイベントの一部だ。わざわざ野外で肉を焼いて食べるのを面白がり、おいしくもないバーベキューではしゃぐようなもの。

ビデオカメラを回しながらのコンパは六時過ぎに始まり、いつもどおりのロック談義を交えた雑談が続く。その内容はこの後に起きる事件と関係がなさそうなので委細は省略。ミネコが作った学祭向けの新曲に、三津木が珍しく詩をつけあぐねていたため、それも話題になったそうだ。

凶事の前触れめいたものはなかったのだけれど、一つだけシーナには引っ掛かっていることがある。八時半を回った頃。

「猫？」

ビールを飲んでいたマオが顔を上げた。離れの裏手で猫らしきものの声がするのを、シーナも耳にしていた。

「野良猫、いてるで。黒猫」ミネコが言う。「生後半年も経ってないかなぁ、あの子。仔猫でも成猫でもない大きさ。中猫っていうの？　少し前から庭に入ってきてるわ」

「餌をやったりしてるん？」

「マオは猫が好きやったね。餌はやってないんよ。うちは両親とも動物が好きやないから、餌やったらええ顔せえへんねん。野良にしては毛並みが悪うないから、近所で世話してくれてる人がいはるみたいやで」

彼ら四人の間を、ここでゆらりと猫が横切った。声だけではあるけれど。

九時を過ぎたあたりで食べるものが尽き、いったん片づけをすることになる。四人で手分けをして、ゴミをまとめたり、食器を母屋に戻したり。

三津木は、ここまではアルコールを飲む量を控えていた。きれいになったテーブルに酒類とつまみだけが残ったところで、酔うための儀式が始まる。彼だけが飲むのではなく、女性陣もそれぞれに合ったペースで付き合いながら。

夜が更けるにつれ、シーナは緊張してきたという。まさか本当に怪異が三津木に降りかかるとも思えないが、たまさかアクシデントが発生した時——深夜に彼が腹痛に襲われるとか――、とても嫌な気がするのでは、と今さらながらの心配をしたのだ。

十時になり、女性陣は空いた瓶や缶を手にして席を立つ。

「私らはこのへんで失礼しよか。三津木君、独りでどうぞごゆっくり。実験やよって、おかまいもせずごめんね」

ミネコが言うと、よい加減に酔いが回りかけた三津木は、「ごちそうさまでした。おやすみ」と手を振ってみせる。両の瞼が重くなってきたようだった。

外へ出た三人は、あらかじめ用意してあった粘着テープをドアの三箇所に張って、離れを封じる。この建物の開口部は、ドア以外にも二つの窓があるが、どちらの窓にも木製の面格子が嵌っているので、三津木の脱出口にはならない。

「そしたら順番に」

ミネコの取り出したペンで、三人がテープにサインをして、封印が完成した。その一部始終もビデオに収められる。

「これでよし」ペンを返してもらってからミネコは言う。「三津木君が離れから出たら、テープが剝がれてしまう。張り直してもあかん。このテープは安物やから、そんなことしたら粘着力がすごく落ちるねん。マオやシーナが共犯者やったとしても、証拠を残さずに彼が脱出するのは不可能ってことや」

「共犯やなんて」マオは笑う。「三津木君が拉致監禁されているんやったらともかく、あっしら粋狂（すいきょう）な遊びに水を差したりせえへんよ。なっ、シーナ」

三津木は出入りをしたら痕跡が残るが、緊急の場合は自由にふるまえるのだから危険はない。

「うん、手助けしたりせえへんよ。だいたい、彼はここを抜け出したら行き場がないやないの。誰かに母屋で匿（かくま）われてもすぐバレそうやし、朝まで近くをぶらついて時間を潰すのも難しい。終夜営業してる店なんかないもんね」

全員が納得して母屋へと向かう前にシーナは耳を澄ませてみたが、離れの中からは物音一つしない。三津木は着替えもせず眠りに落ちてしまったのではないか、とさえ思った。

4

「戦慄の怪事件やな。この謎は手強い」

江神さんの言葉に、マリアは目を丸くした。

「まだ事件、起きてないんですけれど……。ここまで聞いただけで、あくる朝、三津木君がどうなっていたのか江神さんには判るんですか？」

「離れから煙のように消えてたんやろう？」

再びがっくりと項垂れるマリアだが、すぐに面を上げた。

「江神さんにあるまじき空振りで、違うと判って言いましたよね。和みましたから、話を進めていいですか？　——進めます。アーカムハウスの三人は母屋に引き揚げると、順にお風呂に入ってから就寝しました。部屋は別々です。翌朝ちょうど八時にリビングに集合し、揃って離れに向かいます。ドアをノックしながら『おはよう！』と呼び掛けたら、『おはよぉ』と間延びした返事がありました。彼、密室から消えていなかったんです。三人は粘着テープに異状がないことを確認してからドアを開きます」

そこで彼女らが見たものとは？

「三津木君は、昨日のままの恰好で迎えました。慌てて着替えたばかりで顔も洗っておらず、髪は寝癖でピンと跳ねていました。それはいいんだけど、三人は彼をひと目見るなり『あっ！』と驚きます。左のほっぺたに何かで引っ掻かれたような傷があったからです」

赤い筋が縦に三筋。ちょうど猫に爪で掻かれたような傷だった。

「当の三津木君は、みんなに指摘されるまで頰の傷に気がついていませんでした。『そういえば、ひりひりする』と指で触れてみたら、『痛い』って。トイレのそばに鏡があったので、そこで自分の顔を見て驚いていたそうです」

江神さんが状況を整理していく。

「いつどうしてそんな傷ができたのか、本人に思い当たることはなかったんか？」

「まったくないそうです。目が覚めた直後から違和感があったみたいですけれど」

「寝てる間についたということか。夜中に顔がちくっと痛んだ、ということは？」

「『ないよ。そんなことがあったら目を覚ますと思う』って答えでしたけれど、睡眠が深くて痛みが判らなかったんでしょう。シーナちゃんたちがドアを叩く十分前に起きたばかりで、夜中は一度も目が覚めなかった、ということです」

「寝惚けて自分で引っ搔いたんやないか？」

「三津木君は楽器を弾く女の子たちよりも爪を短く切っていて、ああいう傷を自分でつけるのは無理でした。彼、爪が尖るのが嫌だからいつも鑢で削っているんですって」

貴公子は爪切りなどという野卑な道具は使わない、ということか。ますます僕から遠い。

「野良猫が迷い込んで悪戯をしたということは？」

マリアは「それです」と江神さんに人差し指を突きつけた後、肘を九十度回転させて指先を僕にも向けた。

「『それです』って何やねん？　俺はともかく江神さんを指差すのは失礼やろ」

そんなことで部長の不興を買うはずもないが、マリアは非礼を詫びてから言う。

「近くをうろついている猫がいたんだから、その子のしわざかと思いますよね。猫の犯行説が自然と湧き上がって、みんなで猫探しをすることになりました。椅子とテーブルだけでがらんとしているように話してきましたが、母屋で使わなくなったソファやら整理棚やらが片隅にあったので、その下や中を手分けして」探して猫が見つかったら密室の謎でも何でもない。猫はおろか、爪のある生き物はどこにもいなかった。

「以上がディクスン・カー的密室事件の概要です」

ここに望月と織田がいたら、とりあえず不服を口にしただろう。「地味で小さな謎やな。こんなもんはカーやない」「メタルバンドが絡んでるのにロックでもない」などと。

江神さんと僕が何も言わないうちに、マリアは真面目な顔で付け足す。

「事件に興味を持ってもらおうと必死でしゃべったんですけど、誤解を招いていないか心配です。私は、ラウンジでの時間潰しとして楽しんでもらうために話したんじゃありません。寝ている間に三津木君の顔におかしな傷がついた。この小さな謎がシーナちゃんたちの仲にじわじわと罅（ひび）を入れつつあります」

三津木の頬についた傷が猫によるものでなかったとしたら何なのか？　当人の三津木も含め、その場にいた全員が思ったことがある。人間の女性が爪で引っ掻いた傷らしく見えたのだ。

「本人までそう認めるとは、よっぽどそれらしい傷なんやな」江神さんは自分の右頬をひと撫でして「男が女に顔を引っ掻かれるということは、痴話喧嘩か。当日の夜、誰かが離れに忍び入って、密会中に彼と諍(いさか)いになったのではないか、という想像が広まった?」

「はい」と答えるマリアの声は、先ほどまでと違って沈んでいる。

「真夜中の密会疑惑について、三津木君は真っ向から否定していて、シーナちゃんも彼のことを信じると、言っています。だけど、やっぱり例の傷のことを思うと、もやもやするらしいんです」

彼を信じているというよりも信じたいのだな、と僕は思った。二人が親密になってからの時間が浅いせいもあるだろう。

「他のメンバーにしても、もやもやしているのは同じです。シーナちゃんがよその家に泊まりにきてお行儀の悪いことをしたんだろうか、とか。ミネコさんがそれを目的に怪しい離れの戒めを捏造(ねつぞう)したんだろうか、とか。あるいは……」

マオが発作的に奇襲をかけたのだろうか、とか。なるほど、疑心暗鬼とはこういうことか。

それにしても、女の子三人を大混乱に陥れる三津木宗義のモテっぷりに感心する。自分に似ているどころか対極に立っているではないか。メタルの詩人だか貴公子だか知らないが、一度顔を拝ませてもらいたいものだ。

江神さんとマリアのやりとり。

「気まずい状況にあるのは理解した。小さな謎とはいえ、みんなの心に棘が刺さったんやな。しかし、女性陣の誰かが忍んで行ったとは考えにくいやろう。ドアを封印したテープに異状がなかったのなら。何か細工の跡があったんか？」

「不審な点はありませんでした」

ミネコは慎重を期して三箇所にテープを張ったのかと思っていたが、深慮があった。三箇所に張れば三人で分担して剝がすことができる。異状のあるなしは剝がす際の感触でしか判らないから、全員が確かめられるように、と考えてのことだった。

「テープを剝がす感触はごく自然で、張り直したようではなかったんやな？　それやったら、密会者は存在しなかったことになるやないか」

「猫も存在しませんでした。誰の疑惑も晴れません。むしろ、密会説の方が優勢です」

「なんでや？」

「テープに張り直した形跡がなかったのは、何かのトリックが使われたからかもしれません。だけど、猫はトリックを使わない。——いえ、これ、真面目にシーナちゃんたちは言っているんですよ」

猫はトリックを使わない、という言葉が、洗濯機で洗われるシャツのごとく僕の頭の中でぐるぐる回った。高名な思想家が残した箴言と錯覚しそうになる。

「ちょっと落ち着こうか、マリア。端から見る分には、小さな仲間内が少々ごたついているだけに見えても、当事者にとっては笑い事やない。友だちのことが心配なんやな。謎が解けるかどうか判らんけど、挑戦してみよう。――その前に、アリスが何か言いたげにしてるぞ」

これは江神さんの軽口ではなく、僕には言いたいことがあった。

「言うてもかまいませんか？　その離れで起きたのは怪事件と呼べるでしょうけど、厳密な意味において密室ではないように思います」

マリアが反発しないはずがない。

「どうして？　ドアの封印は入念に確かめたし、二つの窓も施錠されていたのよ？　おまけに面格子も嵌ってた」

「うん、その点においては密室だったんやろう。ところが、本件においてはあまり意味を成さない」

〈本件〉とか〈意味を成さない〉とか、われながらスカした言い方をしてしまう。

「なんでって、被害者が死んでないからや。三津木君はほっぺたを何かで引っ搔かれてただけやろう。密室の中にいた唯一の人物である彼こそが犯人と考えるしかない。つまり自作自演。鑢できれいに爪を削ってたとしても、自分で自分を傷つけなかった証明にはなれへん。針金一本あったら自傷は可能や」

自信満々の仮説でもなかったが、ありそうな話だとも思っていた。ただ、そんなことをする動機は判らない。そう思っての発言だったが、マリアはこれを断乎として打ち消した。

「関係者を一人も知らないアリスがそんなふうに言うのは理解できる。だけど、違うの。その意図を説明できないでしょ？　ミステリだったら『自作自演の他に可能性はない。よってそれが真相。動機は観念した犯人に語ってもらいましょう』かもしれないけれどね」

彼女は、丁寧に僕を諭してくれる。ほとんどがシーナからの伝聞ではあるが、事件以降、みんながどれほど気まずい想いをしているか。こんな状態では学祭のステージに立てないかもしれない、という空気が漂い始めており、それが彼女たちにとってどんなにつらいことか。そして、アーカムハウスが空中分解しかねない現状にどれほど三津木が心を痛めているか。

「こうなるのが三津木君の狙いだったのかしら？　そんなわけ、ないよね。破壊工作として迂遠すぎるもの。アーカムハウスを掻き回したかったのなら、もっとシンプルで有効な手段はいくらでもあった。そこまでの悪意はなかったとしても、やっぱり自作自演は納得できない。ほんの悪戯心でやったんだとしたら、彼はとっくの昔に白状してるでしょう。謝罪とともに」

理路整然とした反駁で、ぐうの音も出ない。論理的なだけでなく、人間の心理の洞察としても彼女は正しい。

「君の言うとおりや」

「ありがとう、判ってくれて」

このやりとりを見ていた江神さんは、小さく頷いたようだった。見られていたのではなく、見守られていたのだろう。

「マリアの言うとおり、三津木君の自作自演は考えにくい。俺らが思いもつかん動機があった可能性も残るけれどな。人間はややこしい」

マリアは、これには何も言い返さなかった。発言者の器が違うから仕方がない。江神さんは続ける。

「ひとまず三津木君はシロだと仮定しよう。シーナちゃんもシロやな？」

マリアに問うた。

「はい。彼女のしわざだとしたら、無実の演技をしてまで私に相談してくる理由がまったくありません。三津木君の自作自演よりありそうもない」

「となると、残る二人のどちらかの犯行、ということになる。三津木君への想いが高じて抑えられなくなり、離れに忍んで行ったものの拒絶されて逆上し、顔を引っ掻いた。彼は誤解を恐れて、あるいは犯人が不憫でそのことに沈黙し、犯人も自白できずにいる。これやったら納得できるか?」

「いくらか。でも、それが真相だったらバンドはやっていけなくなるかも」

「関係が修復できるかどうか、予測が難しいな」

自作自演でないのなら、まともに密室の謎に挑まなくてはならない。容疑者は二人に絞られているが、現場付近にいた爪のある動物も無視できない。

犯人は女か、それとも猫か?

現場を実地で検証できないのなら、せめて見取り図を描いてもらいたいな、と僕が思ったタイミングで、「録画は?」と江神さんが言う。そうだ、シーナが撮影したビデオがあるはずではないか。

「いつ言おうか迷っていました」マリアは傍(かたわ)らのバッグをぽんと叩く。「シーナちゃんが撮ったビデオ、ダビングしたのを借りて持ってるんです。これを観てもらうと、現場の様子も当日のみんなの言動も判ります。カメラを回しっぱなしにしていたわけじゃないから、場面は飛び飛びですけれど」

しかし、ラウンジでは観られないし、出席すべき四講目の時間が迫っていた。江神さんの判断は早い。

「授業に行け。その後、時間があるか?」二人ともフリーだった。「よかったら俺の下宿にこい。そこで観ながら密室の謎を検証する」

「意外。テレビはともかく、ビデオデッキを持ってたんですか」

　僕より先にマリアが驚きの声を上げた。

「今や新時代の平成やぞ。俺の部屋にもデッキぐらいあるわ。卒業して行く若者が『要りますか？　要らなくてもあげます』と置いていってくれたのがな」

　その若者に感謝だ。

　授業に向かう途中、黙々と足を運んでいた彼女が、ぽつりと言った。目を合わせたくないのか、顔を背けながら。

「悲しいことを思い出して泣いている時、シーナちゃんに背中をさすってもらったことがある。助けてもらった。あの子は私の友だちで、恩人なの」

　ならば、僕にとっても恩人だ。

5

　授業が終わると、マリアと僕は西陣にある江神さんの下宿を目指し、黄昏れてきた今出川通りを西へと歩いた。白峯神宮を過ぎ、ヘッドライトを灯した車が行き交う堀川通りを渡り、右手に折れて細い道へ。このあたりに初めてきたマリアは、観光客のようにきょろきょろしていた。

「ここが西陣かぁ。いかにも京都って感じ」

「厳格な京都人に言わせたら、このへんはもう京都の外らしい。洛外や」

彼女が「ええっ！」と驚いたところで、目的地に到着した。犬矢来（いぬやらい）のある古い二階家で、見上げれば江神さんの部屋の窓。

顔見知りの大家さんに挨拶していたら、先に帰って部屋の片づけをしていた部長が階段を下りてきた。江神さんの城に入るにあたって、マリアはいたく緊張しているらしく、「お邪魔します」という細い声が顫（ふる）える。

ちらかっていた本をとりあえず壁際にすべて積み上げた、という六畳間には薄い座布団が三枚出ており、僕たちはテレビに向かって座る。すでにビデオを再生する準備はできていた。

「江神さん、少しは観ました？」

僕が訊いてみると、返事は耳を疑うものだった。

「ところどころ早送りしながら最後まで観た。密室の謎が解けた気がする」

またマリアが「ええっ！」

ところどころ早送りしながらでも見つかる重大な手掛かりがあった、ということか。そして、関係者たちはそれを見逃していたのか。

「ちょっと信じられません」マリアは言う。「私もビデオを観ましたけれど、『これじゃ何も判らない』としか思えませんでした。密室トリックの仕掛けがちらりと映ったりしているんですか？」

「まだ確信はない。俺の勘違いかもしれんから、おかしなことを言うたら指摘してくれ。——ああ、その前に」

腰を上げる江神さんを後輩二人が止めたが、お茶の用意ができていて、大家さんにもらったという八つ橋も供された。マリアは接遇に恐縮して、拝んでから湯呑みを手に取る。

「江神さんがそう言うんやったら、もう謎は解けたんでしょう」僕は言った。「せやけど、これからいきなり解決編ではタメがなさすぎます。ビデオを観ながら、僕にも考えさせてもらえますか？」

「録画時間は三十五分や。早送りや巻き戻しは好きにせえ。お前にリモコンを預ける」

瞬きしていたら見落とす、という厄介な手掛かりではないそうだ。さらりとヒントをもらった。

再生ボタンを押す。阪急電鉄・西京極駅の前。もう日が暮れている。買い出したものが詰まったビニール袋をゆらゆらとカメラに向けて振る女の子には見覚えがあった。学館ホールのステージでドラムを叩いていた庄野茉央だ。相変わらず髪はすかっと短くて、青いスタジアムジャンパーにごわついたジーンズ。シルエットをぼやかせたいのか、上下ともだぶだぶだ。

隣で歯を見せて笑っているのが三津木宗義。なるほど、女の子から「可愛い男の子」と評されるのも判る顔立ちだ。誠実で優しそうな顔でもある。藍色がきれいな厚手のジャケットを着て、背中にリュック。持ち込む品々でふくらんだビニール袋を両手に提げていた。

『こんなとこで写さなくていいじゃない』

彼が言うと、撮影者である戸間椎奈の声が応える。

『記録やし。テストも兼ねて、ちょっと』

画面が切り替わる。

問題の離れだろう。カメラは木造の平屋の外観をなめてから、ゆっくり左にパンすると、小峰邸らしき屋敷と木立の影。暗くてどんな庭なのか見えなかったが、カメラが三百六十度回転したので、離れがどんなところに建っているのかよく判った。屋敷はブロック塀ではなく生垣に囲まれており、これなら野良猫が出入りできる。

ぐるりと回ったカメラが離れの入口に戻ってくると、木製のデッキに立つマオと三津木の横に長身でロングヘアの女の子が加わっていた。小峰美音子だ。おどけた表情で、「こちらでございます」と離れを両手で示してみせる。ハイネックのセーターがよく似合っていた。

こうして見ると、どこにでもいそうな女子大生なのだが、聴衆を魅了する姿を知っているから不思議な感じがした。記憶にあるより柔和な顔に見えるのは、ステージではきつめにメイクをしていたからだろう。笑う時は、にっと口を横いっぱいに開く。

カメラは離れの中へ。犯行現場であるから注意して観なくてはならない。

ビリヤード台と卓球台がともに収納できるほどの広さがあった。様々な用途に使われてきたそうだが、今は中央にでんと大きなテーブルが据えられ、六脚の椅子がそれを囲む。いずれもアンティークなもので、白いクロスを掛けられたテーブルの上には、オードブルを盛った大皿やグラスが並んでいた。三津木らが持ち込んだビニール袋も画面に映り込む。

窓をチェックしておかねばならない。奥の壁に一つ。ベンチシートの上に一つ。画質がいいので、クレセント錠が掛かっているのが判った。

画面右手の壁際には、マリアから聞いた話にも出てきたベンチシート。男性が苦痛なく寝られるぐらい幅が広い。その前に電気ストーブ。右手奥にくすんだ藤色の一人掛けソファ。

撮影者が部屋の奥まで進んでカメラが振り返る。ドアの左脇にあるのがマリアの言っていた整理棚だろう。腰ぐらいの高さのもので、半分ほどの段が何かを詰めた箱でふさがっている。最下段は扉がついていたり取れていたり。

入口の右手の奥にある小部屋のドアを開いた撮影者は、「あっ、そうか」と言ってすぐに閉じる。トイレと洗面台だった。小部屋の並びは見ただけでクロゼットと知れるので、撮影者は開きもしない。

『シーナちゃんがまだ映っていないよ』

三津木が延べた手にカメラが渡ると、撮影していた人物が初めて画面に現われる。間違いなくアーカムハウスのギタリストで、楽器を持っていない姿が新鮮だった。

野の花という風情（ふぜい）の愛らしい女の子だ。確かにおとなしそうで、笑顔もどこか控えめだった。独特の雰囲気があり、幼く見えると言いそうになるが、子供っぽいのではなく、何と言えばいいのか、とにかくミネコやマオより年下に映る。永遠の妹の成分とでも呼ぶべきものが配合されているのか。

「シーナちゃん、楽しそうに笑ってる」マリアが言う。「この顔を最近は見せてくれない」

画面が切り替わる。

持ち寄ったものがすべてテーブルに広げられ、飲み物がグラスに注がれていた。

「そしたら始めよか。まずは乾杯」

ミネコがグラスを掲げて、ささやかなコンパが始まった。事件直前の模様を収めたものと知っているから観られるが、そうでなければこれほど退屈な映像はない。知らない子供の運動会のビデオに等しい。その春巻きがおいしそうだから欲しい、と思っても画面から出てくるでもないし。

ロック談義とやらが始まると様子が変わった。三津木が作詞を担当したアーカムハウスの曲の中には、バンド名が示すとおりラヴクラフトの作品を題材にしたものがいくつかある。新曲もその線でいけばいいのではないか、とミネコが言うのに対し、この次はどこからもイメージを借りずに詩を書きたい、と彼は渋るのだ。曲作りの現場を覗き見できることを面白がっていたのだが、歓談風景を撮るためにカメラを回しているのではないから——

画面が切り替わる。

以後、撮影者がころころ変わりながら、断片的なコンパの情景が続く。愉快なジョークが飛び出すでもないが、観ているうちに被写体の四人に親近感が湧いてきたせいか、早送りをする気にはならなかった。

「ぎくしゃくの影もないようやけど」

僕は思ったままを口にしたのだが、四人と一緒に食事をしたこともあるマリアの見立ては違った。

「これ、ぎくしゃくしてる。笑うタイミングが微妙に不自然な場面があるし、みんな人の話に合わせようとしすぎている。砕けたムードを作ろうとしているんだろうな」

内情を聞いているからそう見えるだけではないか、とも思うが、マリアの観察は的を射ているのかもしれない。いずれであっても密室の謎の解明とは関係がなさそうだ。

離れには時計がない。宴の開始からどれぐらい時間が経ったのだろうか、と思っていたら、ニャア、ニャアと猫の鳴き声らしきものが聞こえて、マオが反応した。

『猫？』

これは八時半を回った頃だったはず。猫の声は全員が耳にしていた。『こっちだよね』と三津木が身軽に立って、奥の窓を開いたが、暗くて見えなかったようだ。『野良猫、いてるで。黒猫』とミネコが言って、寸時その猫の話。これもマリアの話で聞いたとおり。ミネコは『野良猫やけど、おっとりした子なんよ。目はまだ緑色っぽい。もう少しで甘露（かんろ）色になるんやろうね』などと言って、にっと笑う。動物嫌いを両親に持ちながら猫好きらしい。

三津木が席に戻りかけると、シーナが『窓が開いてるんと違う？ 虫が入ってきたよ』と言う。三津木は羽虫を外に払ってから、窓をきちんと閉めた。

僕は二つのことを脳内にメモする。一つ、三津木は窓を閉めてからクレセント錠を掛けた。二つ、窓の向こうに面格子が見えたが網戸は嵌っていない。

画面が切り替わる。

食器を重ねていく三津木とシーナ。二つのビニール袋にゴミを分別するミネコとマオ。構図からすると、カメラは整理棚の上に置いてあるようだ。直前まで話が弾んでいたようで、みんな朗らかだった。

ミネコが『重いのを運ばせてごめんね』

三津木が『いっぺんで片づけよう』

ゴミの袋を提げたマオとシーナ、繊細そうなグラスを両手にしたミネコ、両腕をハの字に広げてトレイを持つ三津木の順に出ていく。最後の三津木がドアを尻で閉めた後も、無人になった離れでカメラは回り続ける。録画中であることを全員が忘れていたようだ。

この間にとんでもないことが起きたのではないか、と画面に観入ったのだけれど、期待は虚しく裏切られる。風が庭木を揺らす音すら聞こえないので何の変化もなく、映像ではなく写真を観ているのも同然だ。それでも早送りはしなかった。

七、八分して、四人が戻ってくる。手ぶらではなく、冷蔵庫で冷やしていた飲み物を各自持っていた。缶ビールをテーブルに置いたシーナが、『ビデオ！』と言って、カメラに駆け寄ってきたかと思うと、画面が切り替わる。

三津木がビールやコークハイを勧められて飲むシーン。内輪でしか通じないジョークが飛び交うので、さすがに飽きてくる。欠伸が出かけたところで画面が切り替わってくれた。

いよいよミネコ、マオ、シーナが離れを出るシーン。『健闘を祈るわ』『あかんと思うたら母屋に逃げてきてね』などと言う三人を見送る三津木は、とろんとした目で『エンジョイさせてもらうよ』と返す。

ドアを粘着テープで封印する場面はマリアに聞いた以上に入念だった。サインを終えた後、ミネコはテープをドアの真ん中あたりの二箇所に張り、マオとシーナに『これを剝がしてから張り直してみ』と言うのだ。『ほらな』。いったん剝がすと粘着力が格段に落ちることは、映像を通してもよく判った。

彼女らが母屋に行ってからの映像はなく、場面は翌朝に飛ぶ。マオのスタジャンを除いて、女性陣のお召し物はそれぞれ変わっていた。みんな普段着はロックっぽくない。めいめいが封印を剝がしてから、まずミネコが『おはよう！』と呼び掛ける。シーナも、マオも。『おはよぉ』寝癖の髪で出てくる三津木の頰には、なるほど、猫に引っ掻かれたとも女性に引っ掻かれたとも取れる傷跡があった。

『三津木君、それ、どうしたん？』

シーナに言われて、『は？』となる詩人。マリアに聞いた話を再現ドラマにしたような騒動の始まりだ。猫が離れに迷い込んだのではないか、ということで、手分けしての捜索となる。猫探しの邪魔になるカメラがまたも整理棚の上に置かれ、その一部始終が映っていないのはやむを得ない。

それでも映像で観たおかげで、こういう現場ならば探し洩れはないだろう、ということは判った。ベンチシートやソファの下、扉が付いた整理棚の中、トイレと洗面所、クロゼットの中。猫が隠れられる場所はそれぐらいしかない。

想像を超えていたのは、四人の間の空気がどんよりと重くなっていくことだ。誰かが三津木の許に忍んで行った、あるいは彼が誰かを招き入れたのではないか、という疑惑によるものだ。

三津木もそれを察知したのか、ひどく当惑した顔になる。蒼ざめてもいた。「下衆の勘繰りはやめろよ！」と怒ってみせることもできず、居たたまれない様子の貴公子。ザマミロという感情は神に誓って一片もなく、同情した。

マオがドアを開け、半身のまま剝がしたテープを検めているようだ。『これ、おかしなとこなかったよね』という声。シーナがカメラを取り上げ、ドアのテープをアップで撮る。三人ともが、自分が書いたサインに間違いないことを再確認して——三十五分間の映像は尽きた。

何も映らなくなった画面を見たまま、部長が言う。

「残念なビデオやな。ワンカットぐらい可愛い猫が見られると思うてたのに」

そっちも期待していたのか。

6

判らない。このビデオのどこから江神さんが謎を解いたのか。これを見て真相を見抜いたのなら、ラウンジでマリアの話を聞いた時点で見当がついていたのではないか。三津木の頰に傷をつけたのはミネコかマオ、あるいはどこからか入り込んだ猫である、というのが前提だからミネコとマオには特に注目していたのに不審な動きはなかったし、猫は鳴き声が聞こえただけだった。

「鳴き声はしたけど、猫の姿は映ってない。ということは……」

マリアが僕の顔を覗き込むので、生煮えの仮説を言ってみることにした。

「猫の鳴き声がした後、三津木君がすぐに窓を開けた。外で鳴いたように聞こえたんやろうな。他の三人のリアクションからしても。しかし、みんな勘違いをしていたとしたら？　猫は、コンパの支度で彼らが出入りしている隙（すき）にもう離れに侵入していて、屋内で鳴いた。その後もずっとソファの下だか整理棚の扉の奥だかに身を潜（ひそ）めていたんやったら、夜中に犯行に及ぶことが可能や。犯行後、どうやって脱出したかは依然として謎やけど」

謎の半分は解けたのではないか、と思ったが、甘かった。マリアはまったく納得してくれない。

「屋内の鳴き声が、屋外からのものだ、と四人が揃って間違えるのは不自然すぎる」

「思い込みというやつや。メタルをやってる彼女らは、日常的に大音量に包まれてるのが原因で聴力が落ちてるのかも」

「聴力が落ちてるようではないし、たまにバンドの練習に立ち会うだけの三津木君については当たらない。映像を見ていて、私も外で鳴いたように思ったし、思い込みで済ますのは無理よ。コンパの前に何度かドアが開閉したとしても、ストーブの暖気が逃げないようにドアを開けっぱなしにしていた時間帯はないから、猫は入れなかった」

思いつきをもう一つ。

「封印の後、誰かが窓から猫を入れたということは？　猫は体が柔らかい。成猫やなかったら面格子の間を余裕で通れるやろう。三津木君は、錠を開けて受け取ったんや。猫を中に入れた理由？　退屈しのぎの遊び相手にするため……やったりして」

「しないって。してたら二人とも後で言うって」

僕がこのやりとりを聞いている第三者だったら、ほんまやそのとおり、と声を飛ばしただろう。

マリアは、座布団の上で体ごと江神さんに向き直って言う。

「答えを聞かせてもらえますか？　もう気になって」

僕からも頼んだ。

「歯が立ちそうにないので江神さんの推理をお願いします」

謎を解いた人は、片膝を突いたまま話し始める。

「このビデオを観て閃いたのは、推理というほどのものでもない。俺が見つけたのは一つの可能性にすぎんことをあらかじめ承知しておいてくれ」

「煙草を吸いながらでかまいませんよ」

マリアが言ったが、部長は手にしていたキャビンのパッケージを弄ぶだけで、吸おうとはしない。

「ビデオの映像や彼女らの証言からすると、あの封印には破られた形跡がないらしい。としたら怪しいのは猫やな。アリスが言うたように、彼女らの隙を見て離れに侵入したんやろう。いつ？　八時半に外で鳴いてたから、それ以降でありドアが封印される前や。その間にドアは開いている。食事の片づけをした時に」

だが、彼女らが食器やゴミ袋を母屋に運ぶ際、離れのドアを開けっぱなしにはしていない。出入りでドアが開いている間に猫が忍び込もうとしたら、四人の全員が見逃したりはしないだろう。江神さんの話がそこに及ぶ。

「食べ物の匂いに誘われて、暖を求めて、あるいは好奇心を刺激されて猫が飛び込んできたんやったら、誰かが気づいたはず——と思うやろ？」

同時に頷くマリアと僕。

「ほんの数秒、隙があった。猫が侵入したのはその間や。三津木君が食器を運び出す時。離れを最後に出たのは彼やから、後ろにいた誰かが『猫が入ってきた』と気づくこともない。猫は、ドアのそばのデッキで中に入る機会を窺うてたんやろう」

僕は異を唱える。

「敷地内をうろついていたのは黒猫やそうですから、夜は目につきにくかったでしょうね。けど、猫が足許をすり抜けたら三津木君にはしっかり見えたんやないですか？　少し前にその猫が話題に出てたんやし」

「リモコンを」

言われるまま江神さんに手渡すと、猫が侵入する瞬間が映っているわけもないのに部長はビデオを巻き戻す。そして、三津木が離れを出るところで画面を止めた。

「この時、黒くて小さくて敏捷な動物が彼の足許をすり抜けた。なんで見逃したのか？　彼の視界を遮るものがあったからや。これ。両手で持った大きなトレイ」

両腕をハの字に開いたままではドアを通れないので、三津木は体を横にして蟹歩きで外に出ようとしている。

「トレイの横幅の分、彼は自分の足許が見られない。しなやかで音もなく走れる小動物なら、このチャンスを活かせたんやないか？　〈見えない猫〉になったんや。実際にそんなことが起きた証拠がないのは赦せ」

　ないものねだりをしても仕方がないので、マリアも僕もそこは諒とする。

「ええんやな？　四人が戻ってきたら、猫は慌ててどこかに隠れてしまい、三津木が寝入ってから音もなく姿を現わしたんやろう。そして悲劇は起きた」

　性別も不明のその黒猫は、何故、罪のない詩人の頰を引っ掻いたのか？

「想像するしかない。窓が開いた時に入ってきた羽虫が残ってたとしよう。猫は、それが彼の頰に止まったのを見て狩猟本能が刺激され、パンチを繰り出したのかもしれん。鋭い爪を出したまま」

　そんなことは起きなかった、とは言えない。これもよしとしよう。残った謎は、どうやって猫は離れから消えたのか？

「翌朝、みんなで手分けして猫を探す様子がビデオにも記録されてたな。手分けして、というのが失敗や。そんなことをしたら、猫の発見者がこっそり逃がすことができる。仲間の目につかないようにことを為すには急ぐ必要がある。あの時、最初にドアを開けたのは？　生後四ヵ月ぐらいの猫を隠せるポケットがあるジャンパーを着ていたのは？　庄野茉央や。ドラマーとしてふだんから両腕を酷使してる彼女やったら、半身の姿勢で死角になったポケットから『おっとりした子』を取り出し、片手でそれなりに遠くへ投げられたやろう。解放された猫は、ニャアとも鳴かず逃げ去った」

えらい目に遭ったよ、と一目散に駈けていく黒猫。その幻を見せる力が江神さんの話にはあった。

「どうやって猫が入り込んだのか、どうやって出て行ったのか。それを解くために江神さんは不可能を分割して、一つずつ潰したんですね」

僕が言いかけたことを、先にマリアが口に出した。女か猫か、ではなかった。女も猫も犯人だったとは。

「これが真相だと証明できないだけでなく、一面識もない俺には彼女がそんなことをした動機も説明しかねる。思い当たることは？」

問われてマリアは考え込む。心当たりがあって、言葉を選んでいるようでもあった。選ばれたのはこんな言葉だ。

「三津木君の頬の爪痕。整理棚に隠れていた猫。その二つからことの顚末を知ったマオさんは、小さな事故を事件にしてしまおうとしたわけですよね。仲違いを誘発させてバンドを壊そうとした、とは思いません。アーカムハウスでドラムが叩けることを喜んでいましたから。シーナちゃんになびいている三津木君が憎らしくて意地悪をした、というのはあるかもしれません。好きだけど憎らしくもある彼が困っている顔をもうしばらく見ていたかった、ということも。それが正解に近い……かな。だとしても、あまり時間を置かず種明かしをするつもりだったんでしょう。ところが、思っていた以上に仲間内の雰囲気が悪くなって、どうしても言い出せなくなった……」

江神さんも僕もコメントできない。する必要もなかった。

「もしそうだったら、マオさん、困ってるでしょうね。きっと、みんなに事情を話して謝るきっかけを探してる」

「しんどいやろうな」とだけ部長は言った。

自分がどうするべきなのか逡巡しているようでもあったが、やがて彼女は吹っ切れた顔になる。

「答えが出ました。江神さんの推理が当たっていたらマオさんにどう言えばいいか、判った気がします。バンドの外にいて、シーナちゃんを通して少しだけつながっている私ならうまく言えそう。はずれていた場合のことも頭に置いて、慎重に接します」

「そうか」

江神さんの返答が短いので、マリアは物足りなそうだ。

「推理がはずれていた場合も想定しているんですよ。名探偵・江神二郎としてはいい気がしないんじゃないんですか？」

「想定しておくのが当然やろう。俺がしゃべったことには何の証拠もないんやから、物語みたいなもんや。事故から時間が経ちすぎてる。仮に警察が捜査してくれたとしても、実行犯の容疑がかかってる猫を捕まえて、爪に三津木君のＤＮＡが残ってないか調次べるには手遅れや」

物語でもない。あれは推理ですよ、と僕は思った。

「私の友だちのために考えてくれて、ありがとうございます」マリアはまず先輩に、次に僕に。「アリスもありがとう」

考えただけで役に立てなかったのは残念だが、彼女が笑った顔を見るのはいつだってうれしい。

ようやく緊張が解けてきたマリアは、積み上げられた本をしげしげと見ては、「これって小説ですか？」などと尋ね、雑談タイムとなった。つい長居をしてしまい、気がついたら七時を過ぎている。

「腹が減ってきたな。何か食べに行けへんか？」

後輩二人はすぐさま賛成する。この先輩と夕食を共にするのは久しぶりだった。

7

わが英都大学では、創立記念日である十一月二十五日の二日前から学祭が始まる。京都のみならず全国の大学の中でも、最も遅い時期にあたるだろう。キャンパス中に模擬店が並び、その中央に野外ステージが設けられる。

推理小説研究会はその存在があまりにも小さく、また構成員に積極性が欠けているせいもあり、今年もタコ焼きの一つさえ焼かない。毎年、人でごった返すキャンパスをぶらつき、お祭り気分を味わうだけだ。

ただ今年はほんの少し事情が異なり、「これだけは、ぜひ」という目標を持っていた。アーカムハウスのライブを観ること。

マリアがどのように庄野茉央と話したのか、いかにして関係者が和解したのか、詳細は聞いていない。確かなのは、あのバンドが今年も学祭のステージに立つこと。マリア経由で伝わった情報によると、三津木宗義の作詞による新曲が演奏されるという。

学祭最終日。僕たちは野外ステージの最前列――いつもシーナが立つ左寄り――に陣取り、アーカムハウスの出番を待った。

「シーナちゃんとマリアの下宿先が同じで、親しかったとはなぁ。京都も世間も狭い。マリアを通して彼女とつながってたか」

と驚喜していた織田は、一つ前のバンドがチューニングをしている時からそわそわしている。

「三津木っていう男子がリリックを書いてたんやてな。ええセンスしてるわ。ラヴクラフトやポーやマッケンが好きなんやったら、何かの気まぐれで推理研にふらっときてたら入部してたかもしれへん。え、なんやてマリア？　予定調和で怪奇幻想の描き方が生温(ぬる)いから三津木君はミステリが大嫌い？　大した男やないな」

と白(しら)けていた望月も、最前列を確保できたことを喜んでいた。

「江神さんの推理は、当たってたんやな？」

こっそり尋ねると、マリアは頷く。

「多分。あの推理をそのままマオさんにぶつけたわけじゃないから、はっきりしないところもあるんだけれど。こういう結果になったんだから、いいじゃない」

こういう結果の中には、バンドと作詞担当者の関係が修復されただけではなく、「はっきりしいや」とミネコに言われて、シーナが三津木と交際を深めたことも含まれるのだが、マリアはそれについては織田に話していなかった。熱心なファンへの思いやりというものだろう。

江神さんはというと、次々に現われるバンドの演奏に合わせて肩を揺すっている。晩秋の風に長髪がなびき、ステージの誰よりもミュージシャンらしく見えた。

いよいよアーカムハウスの登場となる。これまでのバンドで聴衆が温まっていることに加え、彼女らの学内外での人気もあってひときわ高い歓声と拍手が沸き起こった。

小さく跳ねながら両手を振ったところで、マリアはバランスを崩す。僕が支えると、よろけながら何かを見た彼女は「あそこに」と斜め後ろを指差した。

二列後ろの離れたところにダウンジャケットを着た三津木がいた。こちらに向けているのは右の頰。涼しい風が吹いているというのに、メタルの詩人はハンカチで額を拭っている。小春日和なのに厚着をしすぎたのか、彼女らの演奏が始まるので緊張しているのか。

アーカムハウスのメンバーのファッションは見事なまで統一感がない。スタンドマイクを握ったミネコは、ジャケットも細身のパンツも黒のレザー。シャツだけはピンク色。きつめのメイクで聴衆を見渡し、メタルの歌姫降臨の図だ。ツインバスに、シンバル六枚というドラムセットを前にしたマオは、ネイビーのシャツの袖をまくって、何か呟いているようだ。演奏前に気合を入れる呪文でも唱えているのか。

シーナは袖のふわりとした白いフリルブラウスにベストを羽織り、ボトムスは鶯色のパンツという薄着で、かまえるのは今日も飴色のギブソンレスポール。華奢ながら背が低いわけではないのに、謎の成分によって大学生のお姉さんのバンドに高校生の妹が紛れ込んだようにも見える。

挨拶もメンバー紹介もなく、ディストーションを利かせまくったシーナのギュイーン！で演奏が始まった。おお、これだけで判る。学館ホールで聴いた『名もなき都市』。詩の元ネタはラヴクラフトの『無名都市』だ。16ビートで走る走る。シーナのすまし顔での速弾き。僕のすぐ後ろで、初見らしい女の子が「何、これ⁉」と感嘆していた。

　二曲目は、ポーに捧げられた暗鬱でブルージーな『ボルチモア』。これもまた聴きたかったナンバーだ。気合がすごいだけではなく、マオのフィルインはいちいち洒落ている。

　三曲目の前にミネコの短いMCが入った。

「おおきに、英都大学。アーカムハウスです。――次は『爪痕』といって、できたての新しい曲です。ちょっと毛色が変わります」

　ベースが弾く8ビートのリフに弱音のギターがかぶさり、だんだん主導権を奪っていく。ミネコの歌が始まると、僕は次第に顔がにやけるのを我慢できなかった。


　本当のあたしが知りたいって？

　その秘密を暴きたいって？

　後悔すると言ったでしょう

〈あたし〉は人ではなく、名状しがたき魔性のものらしい。その女を愛した男に、本当の姿を見たら心が鋭い爪で引き裂かれ、正気ではいられなくなるわよ、興味本位の詮索はおよしなさい、と警告する歌。ミディアムテンポのサビは、リフレインが最高だ。

好奇心は猫をも殺す
好奇心は猫をも殺す

ちらりと両隣を見れば、江神さんもマリアも口許をほころばせている。女性三人に問い詰められて、三津木はよほど恐ろしかったのだろう。その戦慄と恐怖を再現すると同時に、爪を立てた猫をこらしめるため、成句を借りてロックで脅しているのだ。

あの黒猫に悪気があったわけでなし、離れでおいしいものにありつけたわけでもなく、人間の言葉がしゃべれたら「こっちこそ被害者だ！」と抗議するかもしれない。代理で僕が詫びておこう。そして、この曲を生んでくれたことに感謝したい。

間奏でシーナのソロがきた。ミネコとマオは、リズムを刻みながらギターの泣きっぷりに聴き惚れているかのよう。

しかし、やばいぞ。見た目は高校生でも通用しそうなのに、この子、なんて官能的なフレーズを弾くんだ。興奮でどきどきする。ギャップがたまらん。

二分間は続いたソロの終わりに、シーナはこちらを見て微かに笑った。そして、ギターのネックを立ててウインクする。マリアに向けたものであるのは間違いないが、誤解した者が周囲にいたかもしれない。

ひゅっと投げられたピックも親愛なる友を狙ったはずなのに、風に流されたか、キャッチしたのは織田だった。名古屋出身でありながら関西弁に染まった男が、不意に尾張の言葉を思い出す。

「本気で惚れてまうがや」

好奇心は猫をも殺す
好奇心は猫をも殺す
好奇心は猫をも、殺すぅぅぅぅぅぅぅぅぅ
…………yeah

モニターアンプに右足を掛けたミネコが歌い上げ、シーナとマオが顔を見合わせながらアウトロなしで曲を断ち切った。大きな歓声と拍手がキャンパスに渦巻いてやまず、にっと笑ったミネコの「おおきに。あと一曲」を包む。

あの推理を聞いた後で江神さんやマリアと食べた焼き鮭定食の味とともに、僕は生涯このライブを忘れない。

繰り返し懐かしむだろうな、と思っていたら、もう懐かしい。まだ彼女らのステージは終わっていないのに。

50万の猫と7センチ

阿部智里

「ねえ、ちょっとこっち来て！」

慌てているようで、どこか楽しそうな母の声が、全ての始まりだった。

私は作家だ。曲がりなりにも、エンタメ小説を書いて生計を立てている。

普段は出版社の多い東京で一人暮らしをしていたが、時々は緑に囲まれた（と、いうよりも畑に囲まれた）実家に戻って、適度にだらだらしながら原稿を書いていた。二十代も半ばになって実家に入り浸る娘を両親は心配しつつも、最低限の食費を渡している分、まあ許してやるかといった具合で置いてもらっているのである。

いつでもどこでもパソコンさえあればなんとかなってしまうのがこの仕事のよいところで、その時も私は、土産物（みやげ）の風鈴の音を聞きながら、中学生の頃から使う机で作業をしていたのだった。

「はやく来て。急いで、急いで！」

母の声は、誰かに聞かれるのを憚るように低かった。

何かあったのかと思いながら階下に向かうと、脱衣所で母は私を手招いていた。そして、口の前で立てていた人差し指を、そのまま風呂場の窓の外へと向けたのだった。

網戸と格子戸の向こうに視線を向けると、数年前の大雪で傾いだカーポートの上に、何やら茶色い毛玉がもぞもぞしている。

――猫だ！

茶トラの猫が、ぺろぺろと、自分の体を舐めているのだ。

私と母は無言のまま顔を見合わせ、にんまりと笑いあった。それはまるで、サンタからとびっきりのプレゼントをもらったのに、声を出してはいけないと言われた子どものようであった。

両親も私も、この家に住む人間は、みんな動物が大好きだ。長く犬を飼っていたのだが、この時より少し前に死んでしまっていた。

その犬は、私が小学生の頃から十五年も苦楽を共にしてきた、弟同然の存在だった。由緒正しき雑種犬で、全体的に茶色いのに三角形に垂れたボタン耳と鼻づらは黒っぽく、巻尾とお尻だけ、チアリーダーの持つポンポンのように毛が長かった。

他の誰がなんと言おうと、世界で一番可愛い犬だったと私は思っている。

犬なのに猫っぽい性格で、人間のことを見下したり馬鹿にしたりもしたが、いざという時にはちゃんと指示に従った。非常に賢い犬だったのだ。

しかし中大型の雑種犬だった彼は、後年病をわずらい、認知症にもなってしまった。長い闘病生活の末、柘榴（ざくろ）の花が咲く頃に死んでしまったのだが、後から思えば犬の介護に我々は無知同然で、「ああしてやれば良かった」「もっと出来たはずなのに」と後悔することばかりであった。

両親も意気消沈しており、この頃の家のテレビレコーダーは犬猫特集で埋め尽くされ、深刻にペットロスを心配している状況だったのだ。

と、いう最中の、茶トラ登場である。

茶トラは痩せていて、首輪もなかった。どうやら野良猫である。

愛犬が生きていた頃、あまり家の近くで猫は見なかった。犬の縄張りがなくなったとで、家の付近にまで野良猫が進出して来たようだ。

久々の生きている毛玉の登場に、母も私も一気にテンションがぶち上がってしまった。

母は笑いを噛み殺すと、いそいそと風呂場に入り、「にゃーお」と下手な猫の鳴き真似を始めた。すると、毛づくろいをしていたその猫はびっくりして顔を上げ、キョロキョロと周囲を見回し始めた。

その様子を見て母は笑い転げ、私はそんな母にドン引きした。

「やめなよ。かわいそうじゃん」

「いや、だって可愛くて！」

母は面倒見がよく、死んでしまった犬の世話も家族の中で一番見ていたのだが、こうしてからかうこともまた、大好きであった。何かに集中しているところを突っついたり、変な歌で安眠を妨害したりするので、今は亡き愛犬から盛大に溜息をつかれることもしばしばであったのだ。ちなみに私も幼少期、変な歌で目一杯からかわれた記憶があるので、根本的に愛情表現が微妙に歪んでいるものと思われる。

あの悪癖は未だに健在だったようだ。

私が仕事に戻った後も、母は猫に「にゃーお」と声をかけ続け、猫はキョロキョロしては声の主を見つけられずに毛づくろいに戻り、また母に声をかけられ――ということを、延々繰り返していたらしい。

そして、束の間の帰省のうちに原稿は一段落し、私は東京へと戻ったのだった。

実家でのだらだらを取り返すように打ち合わせやら宣伝活動やらをこなしていると、その実家から大きな段ボール箱が送られてきた。

入っているのは、茄子（なす）や胡瓜（きゅうり）やトマトなど、畑で採れたものばかりだ。東京は野菜が高いし若干萎（しな）びているので、畑に囲まれた群馬の田舎出身者からすると、畑直送の野菜は大変に有難い。

　お礼の電話をかけると、野菜の話はそっちのけで、母が思いがけないことを言い出した。

「前に見たあの猫ね、まだウチにいるよ」

「えっ、そうなの？」

「餌はやってないんだけどね。本格的にこの辺りを縄張りにしたみたい」

　最初に見かけたカーポートの上や納屋の付近によくいるらしく、出勤前の父と鉢合わせすることが多いのだと言う。父は、毎朝わざわざ猫に挨拶してから出ていくらしい。

「日の当たり具合によって昼寝している場所も変わってね。律儀に移動するのがおかしくって！」

　母は母で、相変わらず猫にちょっかいを出しているのだそうだ。

　前述した通り、我が家はペットロス状態にあった。落ち着いたらまた犬を飼おうと言っていたはずなのだが、私はこの時点で悟らざるを得なかった。

　あ、これは猫に転ばされたな、と。

　案の定と言うべきか、電話する度、実家の状況は深刻に（あるいは愉快に）なっていった。

「あの猫ね、片耳の先っぽが切れてるんだよね。だから、餌をやってもいいんじゃないかと思って」

「餌やったの？」

「やった」

次の電話の時には、既にそういうことになっていた。

余談に寄った説明になるが、あえて耳の先に切れ込みを入れ、桜の花びらのような耳になった猫を、さくらねこという。

昨今、動物の番組などを見ていればよく目にする言葉であるが、ＴＮＲ、すなわち、野良猫を捕まえて（Ｔｒａｐ）、不妊・去勢手術をし（Ｎｅｕｔｅｒ）、もといた所に戻す（Ｒｅｔｕｒｎ）という活動が動物愛護の世界では推奨されている。その猫が地域で守り育てる対象になったという証に、耳に小さな切れ込みを入れるのである。

それによって、さかりのついた猫の騒音や悪臭問題を解決し、問題を振りまき増え続ける「野良猫」として憎むのではなく、その一世代限りの「地域猫」を出来る限り愛そう、という方向に持って行こうというのが、ＴＮＲ活動の趣旨であると言えよう。

世の中には「人間のエゴで子どもを産めなくするなんてかわいそう」とか、「結局野良に戻すなんて無責任」などという反対意見もあるようだが、現実問題として真剣に野良猫の幸せを考えた時、今はこれ以上の方法はないと私は感じている。

私の両親も当然のようにＴＮＲは推奨派であり、そんな我が家にやってきた茶トラには、TNRを受けた証である耳の切れ込みが入っていたのである。

こんな田舎でTNR活動をしている人がいるなど思ってもみなかったが、とにかく、あの猫が人間によってその行く末を案じられ、気にかけられた過去を持っているのは間違いない。実際、茶トラは人間の生活に興味津々で、窓から台所の中をよく覗き込んでいるのだと言う。

さくらねこなのだから、どこかに面倒を見てくれる人がいるはずだと思っていたのだが、どうにもそういう気配はない。他の猫がすぐにはやって来られないカーポートや屋根の上にいることからして、元いた餌場を奪われて、縄張りの空白地帯に逃げ込んできた新入りの可能性が高かった。

——では、我が家で面倒を見ればいいじゃないか！

そういう結論に至ったらしい。

初めて餌をやる時、カーポートの上にいる猫に「おいで」と言うと、すぐに台所の勝手口に自分からやって来たというから、本猫もそのつもりだったのかもしれない。

秋になり、東京の仕事を一通りこなした私は、再び実家に戻って来た。そしてあの夏の日ぶりに、話には何度も聞いていた茶トラに対面したのだった。

夕食時、「そろそろ来る頃だね」と両親がほくほく顔で言うと、それを待ち構えたようにそいつは姿を現した。

我が家の食卓のすぐ隣には、掃き出し窓がある。

そこに、バーベキュー用の椅子を重ねて置いてあったのだが、椅子にひょいっと飛び乗って、茶トラはこちらを覗き込んできたのだ。

近くで見ると、なんとまあ、そいつはぶちゃいくな猫であった。

頬はこけ、目がとんでもなく小さいのに、鼻がやけに大きく膨れていて、体つきはひょろひょろと頼りない。全体的にしょぼくれているというか、情けない雰囲気が否めなかった。よく見ればお腹から足、鼻にかけては白くて、眉間のあたりが八割れになっている。薄い色の鼻の横には茶色い模様があり、鼻クソらしき黒いものまでこびりついていた。

確かに、縄張り争いに負けて逃げて来た猫というにふさわしい風体で、一気にふびんになってしまった。

見知らぬ私の存在に気付いても、そいつは逃げなかった。

窓を開け、恐る恐る私がいなばのCIAOちゅ〜るを差し出すと、そいつはそおっと近付いてきて、ピンク色の舌でぺろぺろし出した。

その瞬間、私はこの子は世界一可愛い猫だと思った。

「名前は付けないの？」

電話口では「あの猫が」とか、「にゃーちゃんがね」とか、適当に呼んでいたのだ。

よく見れば、背中の虎柄の中にひとつだけ白い星がある。白星ちゃんとか、大福ちゃんとかも可愛いかな、などと考えていると、母は「何言ってんの」と目を丸くした。

「名前ならあるでしょ」

「あれ？　でもいつもにゃーとか呼んでるじゃん」

「だから、ニャア」

「にゃー……？」

「ニャアが名前なの。そう呼ぶと来るから、自分でもちゃんとニャアが名前だって分かってんのね」

いや。それはどう考えても、母がにゃーにゃー言ってからかい過ぎた結果ではないのか？

まさかこんな事態になるとは。あの初邂逅（かいこう）の夏の日、もっとちゃんと母を窘（たしな）めておけば良かったと思ったが後の祭りである。

ねえニャアちゃん、と母が上機嫌で笑いかけると、茶トラ改めニャアちゃんは「にゃん」とも鳴かず、無表情に母を見返したのだった。

聞くところによると、猫は喧嘩と異性へのアピールの時以外は、同族間のコミュニケーションに鳴き声を用いないらしい。

例外は仔猫と母猫で、お互いを呼んだり甘えたりする際には、たいそう可愛らしい声で鳴くのである。人間に対し猫が鳴く場合は、仔猫が母猫に（もしくは母猫が仔猫に）するアピールに近いのかもしれない。

当然、この子も鳴いておねだりをするものと思っていたのだが、ニャアは全く鳴かない猫であった。以前世話になっていた先ではおねだりをしなかったのだろうかと思ったのだが、まあ、我が家では姿を見せて、じっと父を見れば自動で餌が出るものと心得ているようだったので、前もそうだった可能性もある。

両親がさくらねこについて調べてみると、インターネットで猫のオスメスによって耳の切れ込みの左右が異なるという記事を見つけたらしい。ニャアの耳の切れ込みは左であり、ではメス猫だ、という話になった。後ろ姿を観察すれば、確かにオス猫の特徴であるフェルトで作ったようなにゃんタマは見えない。

父は、こんなに細くて小さいメス猫が自分に助けを求めて来たのだと、異様にハッスルしていた。

「ニャアは可愛い。ちょっと愛嬌はあるが、どこからどう見てもメス猫らしい顔をしている。岩合光昭さんの『世界ネコ歩き』でさんざん見たのだから、俺には分かる」

そう豪語した。

前に飼っていた犬はオスである。そして、私は万年静かなる反抗期といった具合であるし、我が家で一番偉い母は言わずもがなであったので、けなげなメス猫ニャアちゃんに父はメロメロになってしまったのだ。

　寒くなってくると、バーベキューチェアを大改造し、毛布とクリップでかまくらのようなものをこさえ、中には必ずホッカイロを入れるようになった。ニャアは無表情ながら、この「猫ちぐら」もどきが気に入ったと見えて、すぐにそこで寝起きするようになった。

　こうなると、ますます家の近くから動かない。

　父は毎日いそいそとホッカイロを取り換え、毛布を天日干しし、あれこれと自分のお小遣いで餌を買い揃えてはニャアを可愛がった。

　この頃になると、ニャアが遅い時間になってもやってこないと家族全員で「今日はどうしたのかな」「どっかで怪我してないだろうか」などとしきりに心配するようになったし、ニャアが他の猫と鉢合わせして喧嘩になりそうになるのに気付くと、「ダメダメ、この辺りはニャアの縄張りだから！」と猫の喧嘩にわざわざ出ていくようにまでなってしまった。

　世界に誇れる、とんだ猫馬鹿である。

　だが、ニャア自身も人間どもが己に加勢してくれるのだということをちゃんと理解しているようで、他の猫が「な、なんだよ！」と困惑顔でこちらを見て逃げ行く中、どこか誇らしげに四本足の仁王立ちを続けるのだった。

近付き過ぎると逃げてしまうし、無表情で鳴かなかったが、ニャアは着実にこの家に馴染みつつあった。何せ、あたたかい寝床と美味しいごはん、縄張り争いにフライパンとお玉で加勢してくれる用心棒まで得たのだ。ニャアはすっかりこの辺りを縄張りとし、くつろいでいるように見えた。

そうなると不思議なもので、顔立ちもどんどん可愛らしくなっていった。

猫社会では目が合うのが威嚇につながるので、あんなに目が小さく見えていたのは、ニャアが一所懸命「敵意はありませんよ～」とこちらにアピールしていたためだったらしい。目が合っても虐められないと分かってくると、次第に目をきちんと見開き、むしろアイコンタクトで餌を要求するようになった。いやに膨れていた鼻はどうやら喧嘩傷だったようで、時間が経つにつれて普通の大きさに治っていった。いつの間にか表情も、警戒しつつ下から睨み上げるような野良特有の顔つきから、飼い猫らしい穏やかな顔つきへと変わり、ぶちゃいくだなんてとんでもない、普通に愛くるしい猫ちゃんになりつつあった。

父はますますニャアに熱を上げ、ニャアもまんざらでもない様子でそれを甘受していた。

そんなニャアのぬくぬくライフにちょっとした変化があったのは、春のことであった。

近所のボス猫「チビ」が、我が家の餌を目当てにやって来るようになったのだ。

チビは、近所の家で仔猫の頃から餌をもらっている外猫なので、ボス猫らしい貫禄（かんろく）が出た後も「チビちゃん」と呼ばれていた。ライオンの鬣（たてがみ）のように顔が大きいオスのキジトラで、そのふるまいもボス猫にふさわしいものであった。

過去に、他の猫と喧嘩をするニャアに気付いた父が助けに入ろうとした時、それより先にチビが割って入り、両者の間でゴロンと横になったのだという。それを見た二匹は喧嘩をやめ、すごすごと引き下がったので、「ボス猫は喧嘩に強いだけじゃなくて、調停役もこなす必要があるんだな。俺はチビちゃんを見直したぞ」と父はしきりに感心していた。

実際、喧嘩をする前から勝敗が見えるらしく、他の猫に対しては果敢に縄張り争いを挑むニャアが、チビの前では借りて来た猫のようにおとなしくなった。

不妊手術をしているとはいえメス猫だし、もしかして気があるのかな、などと最初は呑気なことを思って追い払わなかったのだが、それはニャアからするととんだ勘違いだったようだ。

なんとチビ、追い払われないと見るや、堂々とニャアの餌を横取りし始めたのだ。

「君はあそこの家でちゃんとご飯もらってるでしょ？　うちではあげないよ！」

そう言って慌てて追い払っても、もう遅い。チビちゃんは餌を食べるニャアに近付くと、スッと餌箱に手を突っ込んで、自分のほうに引き寄せて食べ始めてしまう。

ニャアは餌を取られた瞬間、びくっと震え、静かに後じさった。そして、なすべなくおろおろする人間共に、明らかに何かを訴えるような視線をチラチラと寄越すのである。

ぺろりとニャアの餌を平らげたチビは、キャットフードのお味がお気に召したと見えて、その丸々とした顔をこちらに向け、こう鳴いた。

「みゃあん」

顔は恐いのに、仔猫かと思うほどキュートな声であった。

「……え？　今のチビちゃん？」

「チビちゃんじゃないの？」

母と私は困惑したが、声の主は疑いようがない。

流石(さすが)、仔猫の頃から人間におねだりしてきたボス猫だ。人間へのおねだりの仕方も年季が入っていた。

「みゃあお、みゃあん」

可愛い声で鳴き続け、こちらに「もっとちょーだい！」と訴えるチビを、ニャアは口を半開きにして二度見した。

猫が二度見するのを、私は初めて見た。

猫も二度見ってするんだ、と思った。

ニャアは焦っていた。おねだりするために「鳴く」という発想が今までなかったのだろう。何度もチビと私達を見比べ、ついに自分も同じことをしようと意を決したらしい。

「おあああああ……」

――それはまるで、ホラー映画のうめき声だった。

明らかに鳴き慣れていない。正確に言うと、うえええええ、と、ああああああ、に濁音を盛大に混ぜ込んだような声で、しかもすごい調子っぱずれに語尾が高い。

失礼ながら、母と私はしこたま笑ってしまった。本当に猫の声に聞こえなかったのだ。

その日はチビが諦めて去っていった後に改めてニャアに餌をやったのだが、それ以来、味を占めたチビは、めざとくニャアの餌を狙うようになってしまった。

ニャアは、チビがあざとい声でおねだりする度に「横取りされちゃう、横取りされちゃう！」と無表情にあわあわしていた。犬は表情豊かだったが、代わりに猫は尻尾が雄弁なのだという発見があった。

とはいえ、こちらもただただ面白がっているわけにもいかない。

チビはよその猫だし、ニャアにはちゃんとご飯を食べさせなければならない。少し考えた後、母は試しに、家の中でニャアに餌をやることを試みた。
　チビが付近でウロウロし、ニャアがハラハラしているお昼時がやってきた。
「ニャア、こっちにおいで」
　勝手口から顔を出した母が小さい声で呼ぶと、ニャアはその意図をすぐさま察した。
ととと、と早足でやって来たニャアの目の前、勝手口の中に餌箱を置くと、躊躇せず
に家へと上がり込み、ごはんを食べ始めたのだった。
　それで方針が決まった。
ニャアには家の中で食事をさせるようになり、結果として、チビちゃんは諦めて餌を
おねだりに来ることもなくなったのである。そして、ここにいれば安心だと分かったの
か、ニャアは家に入り浸るようになった。
　ごはんを食べ終わっても、中々出て行こうとしないのだ。
恐る恐る家の探検を始めたニャアを追い出すなんて思いもよらず、一家はデレデレし
ながらその様子を見守った。最初はちょっと一回りして出て行っただけだったのだが、
徐々に滞在時間は延び、そのうちフローリングの片隅で、昼寝までするようになった。
　ここまでくれば、完全にウチの子である。
　もっと慣れたら、完全室内飼いをすることも夢ではない。ワクチン接種と虫下しの薬
をもらいに動物病院に連れて行くことも考えつつ、まずは家の中に慣れてもらおうと、

父が猫じゃらしを買って来た。

「この子、最初に来た時に比べると成長しているみたいだし、もしかしたら独り立ちしたばかりの若い猫なんじゃない？」

母は、冬の間、ニャアが一匹で枯れ葉にじゃれているのを目撃していた。

最初は不審そうな顔で猫じゃらしを見つめるだけだったニャアも、何度もそれを繰り返すうちに、手を出すようになってきた。

ああ、やっぱり若い猫なんだね、と微笑ましく思っていたある日、一流の猫じゃらし使いと化した母が、ニャアをじゃらしながら「んん？」と怪訝そうな声を上げた。

「どうしたの？」

「成長期なんだと思ってたけどさ……この子、それにしたってお腹が大きくない？」

たしかに、白くやわらかそうな毛に覆われたお腹は、ぽっこりと膨れている。

ここに来て、まさかの疑惑浮上である。

ニャアはまだ若くて、喧嘩に負けてばかりだった。

確かに左耳の先っぽは切れているのだが、綺麗なV字というわけではない。もしかしたら、ただの喧嘩傷だったということも十分に考えられる。だとしたら、この子は不妊手術など最初からしていなかったというわけで。

「……赤ちゃんがいるかもしれないってこと？」

それを聞いた父は「えええ！　困ったなあ。さくらねこだと思っていたから餌をやったのに！」と叫びつつ、顔を笑み崩れさせていた。

「いや、でも分かんないよ。不妊去勢した猫はメタボになりやすいって言うしさ……」

この時、猫に関する耳年増と化していた私は、ニャアの性格や身体的特徴からして、ちょっとだけ思うところがあったのだ。

それに、猫にはルーズスキンという、腹回りに柔らかく垂れ下がった皮がある。それが猫のしなやかな動きを可能にしているわけだが、ちょっと、そのルーズスキンに見えなくもない。

母も父も過去に猫を飼っていたが、三十年以上前のことで、しかもそのニャンズは外飼いであった。当時の記憶はあやふやで、ここ最近は遠巻きに野良猫を観察するか、テレビの動物番組でその生態を学ぶのみであり、経験不足は否めない。

「もし、ニャアが仔猫を連れてきたらどうする？」

母が問うと、父はふと厳しい顔になった。

「責任をもって家に入れて、里親を探して、ニャアちゃんに改めて不妊手術をさせよう」

最近は里親募集のサイトなども多いし、最悪の場合、信頼のおける動物愛護団体に終生飼養をお願いするという手もある。

それで、本猫が大丈夫そうなら、ニャアをちゃんと完全室内飼いにしよう。

そういった決意でもって、我が家では先行して、仔猫の貰い手探しを始めた。

だが、ニャアはどこ吹く風であり、結局春が過ぎ、夏になっても、仔猫が現れることはなかったのだった。


——そして、忘れたくても、忘れられない事件が起こる。

それは、ニャアが随分と家に慣れてくれたと感じていた、お盆の頃のことだった。

例によって、ニャアに会いに帰省していた私は、夕飯の後、母と一緒にテレビを見ていた。父が一番風呂に入っており、その順番待ちをしていたのだ。

タレントの笑い声に紛れ、ふと、猫の鳴き声が聞こえた気がした。

「喧嘩かな？」

私が呟くと、母も耳を澄ませ、本当だ、と目を丸くした。

「随分、久しぶりじゃない？」

猫の恋の時期も過ぎてここ最近はあまり聞かなかったのだが、もしや、また縄張り争いでもしているのだろうか。

ニャアは外だ。

心配になって窓を開けた瞬間、ふぎゃあああ、と、すさまじい猫の鳴き声が聞こえた。

「……なんかおかしくない？」

母が不安そうに言う。

確かに、聞き慣れたニャアの喧嘩の声ではない。何が起こっているか分からなかったが、すぐに違う音も聞こえることに気が付いた。

ハッハッハッハッ。

タッタッタッタ、ガサガサ。

わん、わふ。

——荒い息遣いと、何本もの足が草を踏む音、そして、小さな吠え声。

ぎゃあああああ！

二度目の、猫の悲鳴で確信した。かつて飼っていたからこそ、はっきり分かる。

「ニャアが犬に襲われてる！」

叫んだ瞬間、脱衣所から「え！」と父が飛び出してきた。

「何だって」

「前の畑！　これ、絶対ただの散歩じゃない」

母に言われ、父は下着姿のまま家を飛び出し、畑に全力疾走した。

「コラー！」

間髪を入れずに、窓の桟がびりびりするような怒声が響いた。

犬の足音と息遣いが一気に遠ざかっていく。

ハラハラしながら私と母が窓から身を乗り出していると、父が駆け戻って来た。

「カゴ、カゴくれ、早く!」

「カゴ?」

何を言われているのか分からず、素っ頓狂に母が訊き返す。

「洗濯カゴ、いや、段ボールでもいい、とにかくニャアを入れられるヤツ!」

「何があったの」

私が訊くと、父は厳しい顔で答えた。

「ニャアが野犬に襲われた。多分、大怪我してる」

「嘘っ」

台所から野菜を入れていた段ボール箱を取って来て、父に手渡した母が叫ぶ。父はそれ以上何も言わず、暗闇の中に駆け戻っていった。

私が慌てて夜間の動物病院を探し、母がバスタオルをかき集めている中、段ボール箱に入れられたニャアと父が戻って来た。

その姿を見て、母は今にも泣きそうな悲鳴を上げた。

「やだ、ニャアちゃん……!」

それ以降は言葉にならなかった。

強い血と、それだけではない変な匂いがした。

つい数時間前まで、のんびりとリビングでくつろいでいたニャアは、見るも無残な姿に変わり果てていた。

最近ではブラッシングさせてくれるようになったので、あれほどふわふわにしてやったはずの毛並みが、草と泥にまみれ、飛び散った血でぐっしょりと濡れそぼっていた。雨は降っていないのに、まるで頭から水をかぶったような有様だ。

想像を絶する体験をしたのだろう。

意識はあるようだが、ぶるぶる震え、目を見開き、呆然としているように見えた。

慌てて検索して、群馬には夜間もやっている救急の動物病院があると知ったが、これほどありがたいと思ったことはかつてない。

病院に向かうため、急いで車に乗り込んだ瞬間に襲われたのは、激しい後悔だった。

慣れたらなんて言わずに、もっと早く完全室内飼いにしておけば良かった、と。

車の中で、父はニャアが襲われた時の状況を語った。

畑でニャアは、なんと、三匹もの野犬に囲まれていたのだそうだ。

今の時代に野犬が群れを成しているということ自体、相当な驚きだったが、そもそも、犬が畑から生まれるわけもなし。このご時世、古(いにしえ)より続く生粋(きっすい)の野犬が存在するはずもなく、あの犬達が徒党を組んで猫を襲わなければならない理由を思うと（我が家の畑なので、犬の縄張りにニャアが入ったということはあり得ない）、ひたすらに犬を捨てた人間が憎くなる話である。

とにかく、父がやって来たのを見て慌てて野犬は去っていったが、ニャアの状態を見て、手で持って行くのは酷だと思った。すぐに段ボール箱を持って戻った時、しかしそこにニャアの姿が見えなかったのだと言う。

一瞬目を離した隙に、戻って来た野犬にやられてしまったのだろうか。もし自分から逃げてしまったのだとしたら、もう見つからないかもしれない。

そう肝を冷やして周囲を見回した時、家の前でチカリとふたつの小さな目が光った。

ニャアはなんと、父を追って、家のほうに逃げてきていたのだ。

以前から、喧嘩の時にこの家の人間は自分に味方をしてくれていると、ニャアはちゃんと分かっていた。

気付かずに畑に向かう父とすれ違う形にはなったが、我が家に助けを求めて来たのは間違いない。

「絶対助けてやるからな」

言葉少なに、父はアクセルを踏み込んだのだった。

そうして飛び込んだ動物病院で分かったのは、我々が想像していた以上に、ニャアは重傷だということだった。

下腹部が、大きく破れていたのだ。

皮が食い千切られ、後ろ足の付け根にかけてぽっかりと大きな穴が空いていた。獣医さんに手足を押さえつけられ仰向けになった結果、綺麗なピンク色の内臓と腱らしきものが露出し、はっきり見えていたのである。

説明を受ける際、私は目をそらすまいと思ったが、それでも直視するのは相当に応えた。あまりの酷さに、母は途中で退出してしまったほどだ。

「……生き物って、腹にでかい穴が空いていても生きられるものなんだな」

父の言葉に、私はなんと返答したらいいか分からなかった。

夜間病院の処置はすばやく正確で、先生方の対応もすばらしかった。だが、傷口を洗浄して、抗生物質を入れるしか今は出来ることがないと言う。

「今はショックで茫然自失という感じだね」

犬猫用のＩＣＵで投薬を受けた後、箱に入れられて戻ってきたニャアはぐったりとしていた。

出来れば入院させて欲しかったが、そこはあくまで救急の現場であり、入院のための施設はそもそもないのだと言う。明日、行きつけの動物病院に連れていって下さいと言われ、丁寧に作られたカルテと共に帰ることになった。

「よく頑張ったね、ニャア。お家に帰ろうか」

車の扉を閉める瞬間、音にびっくりしないようにと声をかけると、「みゃあ〜……」と、本当にか細く、高い鳴き声が返ってきた。

怪我をしてから、初めて聞くニャアの声だった。

それは、餌をもらうためのおねだりなどではなく、本当に仔猫が母猫に何かを訴える時の声だった。今、この子は「痛いよー」と力なく訴えたのだと、はっきりと伝わって泣きそうになった。

「大丈夫だよ、ニャア。明日、朝一番に診てもらおうね」

私が再度声をかけても、今度は声を返さなかった。

家に帰って車から降りると、変な匂いがした。中学生の理科の実験で使ったヨウ素液に似た匂いは、畑で振り撒かれたニャアの血の匂いだった。

猫の血は少ない。人間から見たら醤油皿程度の量でも、大量出血なのだと聞いていた。それなのに、醤油皿どころではなく、人間から見ても大量出血だったのだ。

神さまに、明日、この猫が生きていますようにと祈った。

幸いなことに、翌朝になってもニャアは生きていた。一番に連れていった動物病院で詳しい診察が行われ、今後の方針が話し合われた。

見たところ内臓は傷ついていない。だが、尿道付近の皮がまるごとなくなってしまったので、今後、ちゃんと排尿出来るかどうかは分からない。それどころか、敗血症を起こせば、このまま死んでしまう可能性も高い。

それまで、「ニャアは助かる」と信じて決然と行動し続けていた父が、「ちょっと出てくる」と言って、青い顔で待合室に引っ込んでいった。

母は泣いていた。鼻を鳴らして、先生に訊ねる。

「もし、あんまりニャアが苦しむようだったら、安楽死という選択肢もあるのでしょうか」

それに対し、先生は厳しい声を返した。

「今でもこの子は、すごく苦しんでいますよ」

こうしてICUにいるだけでも、お金はかかる。治療をしても、助かるかどうかは分からない。助かったとしても、尿道付近の再建手術をするとなるとさらに高額な出費になるし、それをしても今後自力で排尿出来るかどうかは分からない。介護は一生続くかもしれない。

いずれにしろ、この子と生きようと思えば、お金も手間も時間もかかる。

——どこまであなた方が出来るのか、という一点に尽きる。

はっきりとは言われなかったが、先生が私達にそう伝えたいのだということは十分に分かった。

待合室で座り込んでいた父も交えた話し合いの末、我が家は結論を出した。最初から答えは決まっているようなものだったが。

「お願いです。ニャアを助けて下さい」

そう言って頭を下げると、それまで険しい顔をしていた先生の気配が、ふと柔らかくなった気がした。

「分かりました。出来る限り、手を尽くしましょう」

それから、ニャアの入院生活が始まった。

いつ死んでしまうか分からないと思えば、居ても立ってもいられず、大の大人が三人も揃って毎日お見舞いに行った。

ニャアは、普通の診察室ではなく、その奥の部屋のＩＣＵに居たので、病院側の指定した時間ならば大人数で押しかけても面会することが許されたのだった。

一日目はぐったりと寝ているばかりで、室内にはニャアの血と膿（うみ）の匂いが立ち込めていた。頑張れ、頑張れ、と、既に頑張っているニャアに言うのは心苦しかったが、そう言う他になかった。

二日目も同じ状況で、「はやくよくなっておうちに帰ろうね」と声をかけたが、ほとんど反応はない。

我々が頼った動物病院には何人もの看護師らしきお姉さんがいたが、最初にお見舞いに行った時、治療を受けた際の雰囲気と少し違うように感じられた。

未だに予断を許さない状況ではあったが、なんとなく、我が家がニャアを安楽死させてくれ、と言わなかったことに安堵したようだった。方針を決める前はニャアに対して淡々と接していたように見えたのに、入院してからは「ニャアちゃん、みんなが会いに来てくれたよ」と優しい声で話しかけてくれるのだった。

この方たちに面倒を見てもらえるのなら安心だし、もし何かあっても最善は尽くしたのだと諦めがつくと私は思った。

ただでさえ体中傷だらけで辛いのに、その上撫でられたらストレスになるのではないかと案じ、私は見舞いの際、ニャアの眉間あたりを少し撫でるだけに留めていた。しかし三日目、私達が入室したのに気付いたニャアは、なんとよろよろと立ち上がり、ICUの小窓から顔を差し出してきたのだった。

あれっと思った。

猫は、大怪我をした時も喉をゴロゴロ鳴らすという。前日までの見舞いでもゴロゴロ言っているのは聞こえていたが、喜んでいるのではなく、命の危機に瀕しているからだと思い込んでいた。でも、完全にそれだけではなかったのかもしれない。

「撫でてほしいの？」

言いながら顔を撫でると、ゴロゴロ音がはっきりと手に伝わってきた。その時に、この子はちゃんと生きるかもしれない、という、予感のようなものを感じたのである。

そして、幸いにもその予感は当たっていた。

約一か月のＩＣＵ生活の間、ニャアは順調に回復していった。お腹に空いた穴はどんどんふさがり、尿道の付近もうまい具合に治ってくれたので、自力でおしっこも出来るようになった。最悪、一生介助することも考えていたが、再建手術もせずに済んだのである。

いつの間にか、ＩＣＵの近くに行っても膿の悪臭は感じなくなった。

元気になってからも、私達が顔を見せると、ニャアはゴロゴロと喉を鳴らし続けた。

「ああ、喜んでいますね」

看護師さんにそう言われると、ついつい嬉しくなってしまう。

お腹の傷以外にも体中に咬み傷があったので、ニャアは治療の過程でほとんど全身丸刈りにされてしまったのだが、毛のない体には、白く引っかいたような痕がびっしりと走っていた。

定期診察を受けている最中、「これは何ですか？」と訊ねると、先生はちょっと笑った。

「古傷です」

「え、これ全部ですか？」

「そうです。喧嘩っぱやい子なんですか？」

その質問には答えに窮した。まさか、いつも猫の喧嘩に我々が介入していたので、よく分かりませんとは言えない。

我が家に辿り着く前は、これでもいっぱしのファイターとして縄張り争いに明け暮れていたのかもしれない。

「今回は相手が悪かったなあ？」

先生にからかうように言われても、ニャアは知らん顔をしていた。

一般病棟に移り数日して、ようやく退院出来ることになった。最後のチェックで診察台にニャアを乗せる段になり、ふと、看護師さんが苦笑まじりの声を漏らした。

「もう、ほぼ犬だよねえ」

――ほぼ犬だよねえ？

うん？　どういう意味だ？

母は、違和感を無視出来なかったようだ。

「この子、他の猫ちゃんに比べて大きいのでしょうか。成長期かなって思ってたんですけど、まだ大きくなりますかね？」

「え？」

看護師さんは、純粋にびっくりした顔になった。

「成長期はもう終わっているかと……」

「まだ一歳くらいかと思っていたんですが」

「いえ。歯の状態を見るに、そんなに若くないと思いますよ」

「では、推定どれくらいなんでしょう？」

「そうですね。大体、三歳から」

「三歳から？」

「六歳ってところですかね？」

我が家に衝撃が走った。

つまりは、仔猫ではないが老猫でもないということだ。ほとんど何も分からないに等しい。

「か、体が大きくなったかのように見えたのですが……」

「ごはんをいっぱい貰って太ったんでしょうね」

もともとの骨格も大きいと思いますよ、と慰めるように言われたが、そこで後ろにいた父が我慢出来なくなったように割り込んできた。

「あの、一時期はお腹に赤ちゃんがいるものとも思っていたんですが」

看護師さんはポカンとし、ニャアの傷口を確認していた先生も顔を上げた。

「いや、あり得ません」

「この子、オスですよ?」

まさか気付いていなかったのですかと看護師さんに言われ、父はあんぐりと口を開けた。

「え……でも……お腹が大きく……」

「申し上げにくいのですが、肥満かと」

「にゃんタマがないのは?」

「去勢手術は、睾丸を取りますから」

「で、でも、明らかにメス猫っぽい顔をしていますよね?」

その瞬間、先生と看護師さんの声が見事に揃った。

「どう見てもオス顔ですよ」

「どう見てもオス顔ですね」

実は、私はさくらねこについて詳しく調べる過程で、薄々ニャアは去勢されたオス猫ではないかと疑っていた。

オスメスで耳の左右を切り分けるのは、地域によってルールが全然違い、むしろどちらでもよいとする場合が多いらしい。都合よく喧嘩で耳が切れる可能性はそれほど高くないだろうし、去勢手術をすれば当然睾丸はなくなる。顔立ちはオス猫にしては細いようにも見えたが、若い頃に手術をすると丸顔にはならないし、性格も仔猫っぽいままなのだと知り、この特徴はそのままニャアに当てはまるのではないか、と思っていたのだ。

ニャアが大柄なほうだというのは意外だったのだが、それ以外のことは「あー、やっぱりそうだったか」と納得しながら聞いていた。しかし、父母はその瞬間まで、ニャアをメス猫だと固く信じていたようだ。

特に父のショックは並ではなかった。

ある意味、ニャアが助からないかも、と聞いた時よりも、強い衝撃を受けているようにも見えた。

「お、お前オスかあ……！」

ニャアを雑に両脇からつかみ上げ、父は素っ頓狂な声で叫んだ。

「やめなよ、かわいそうでしょ！」

母には怒られ、ぶらぶらするニャアからは「何すんねん」という目を向けられ、父は笑い飛ばそうとしたのに失敗し、挙句に泣き損ねたとでもいうような、なんとも妙な表情になった。

その様はしなびた茄子にも似ていた。

「オ、オカマバーでぼったくられた気分だ……」

そういったバーは別に女性と偽って売っているわけではないし、サービスやパフォーマンスに対し正当な対価が支払われているのだからぼったくりというわけでもない。勝手に勘違いした父の八つ当たりも甚だしいし、そういったお店で真面目に働いていらっしゃる皆様にもニャアにも大変失礼な話である。

とはいえ、父からすると細くてか弱い少女猫と思ってさんざん尽くしていたニャアは、太くて喧嘩っぱやい割に喧嘩に弱い、おっちゃん猫だったというわけだ。

あまりに哀れなので追い打ちをかけるのはやめておいたが、大変に愉快な話である。

父は優しくも愚かであったが、ニャアは賢い子であった。

動物病院が怪我の治療をする場所というのも察していたようで、傷口を先生に触られても抵抗はしなかったし、看護師さん達からは「すごい健気な子ですね」と何度も褒められた。怪我が治ったら家に帰れるということも察していたようで、父がキャリーバッグを差し出すと、自分から足取りも軽く入っていった。

よろよろしながら父がニャアを車に連れて行った後、治療費の精算に移った。あらかじめ家族会議をし、私の原稿料と、両親が老後の楽しみのために貯めておいた夫婦の旅行貯金から半々で工面しようと決めてあったので、会計カウンターには私と母が残ったのだった。

「総額、このようになります」

無慈悲に打ち出された電卓の数字に、ヒイッと母の喉が鳴るのを聞いた。

——総額、五十万円。

覚悟していたとはいえ、やはりそれなりの金額になった。

「いいの、いいの。ニャアの命には代えられないもの……」

支払いを終え、父とニャアの待つ車に向かいながら、母はブツブツと呟き続けた。そして、不意に私を見て言った。

「いい？　あんた、いつか必ずニャアをネタにして何か書きなさいよ。小説でもエッセイでもルポでもいいから！　それでちょっとでも元を取るの」

その剣幕たるや、血涙を流さんばかりであった。私は神妙に「ハイ」と答えるしかなく、今回、この原稿の話を頂いた際には大喜びし、現在相当力を入れて書いているのである。

閑話休題。

ニャアは家に帰りたがっていたし、動物病院で我々に懐く様子からしても、完全室内飼いにするのは比較的容易なのではないかと考えていた。

しばらくは安静にさせておくためのケージを買い、大きな猫用トイレと餌箱、水入れ、爪とぎなども揃え、まさに満を持してニャアを迎えたのである。きっと、ニャアは外を怖がるだろうし、新生活を喜んでくれるはず。

――その予想がとんだ甘いものだったと思い知らされるまで、そう時間はかからなかった。

ニャアは、帰宅したら、今まで通りの生活に戻れるものと信じていたのだ。キャリーからケージに移され、そこから出られないと気付くや困惑し、次いで裏切られたと思ったのだろう。

「アアアアアア！」

それまでの甘え声からは考えられないような、敵意を剝き出しにした声で鳴きだした。

目を見開き、まだらに生え始めていた毛を逆立てる。先っぽだけ残った尻尾の毛が、試験管ブラシのようにボッと大きくなった。

あまりの豹変に人間サイドが啞然としているうちに、何度もケージに頭突きをする。どんなに優しい声で宥め、美味しい餌をやっても、ニャアの機嫌は全く直らない。しまいには、顔をぶつけ続けるので鼻に傷が出来てしまい、大きく腫れてしまった。慣れてくれるのを待つしかないと思っていたが、三日経っても様子が変わらないので、先生に電話で相談し、ケージから出すことになった。

すぐにペットシートではなく猫砂で用を足すことは覚えたが、それ以外は警戒心の塊（かたまり）である。家中をうろうろし、どこか出られる場所はないかと探し回っているようだったので全く目が離せなかったし、家の出入りにも声をかけあい、万が一にも飛び出していかないようにと気を遣わざるを得なかった。

あれほど懐いていたというのに、表情といい鼻の傷といい、出会ったばかりの頃に戻ってしまったかのようだ。

仲良く出来ると思っていたのは、幻想だったのかもしれない。私達の考えが足りなかった。

風呂場の窓から出ようとして網戸を引っかいたり、昔出入りしていた掃き出し窓に何度も鼻を押し当てたりする。出たい気持ちも分かるが、我々もここまで来て外に出すわけにはいかない。こうなったらニャアが諦めるまで、根気強く待つしかないと腹を括（くく）った。

必ず優しく声をかけ、目が合えばゆっくり瞬きし、綺麗好きなニャアのためにすぐにトイレは片付け、美味しいごはんとおやつをたっぷり与えた。

一週間程して、ようやくニャアは鳴きわめかなくなり、少しばかり落ち着いたように見えた。ただ、以前のように遊んではくれなくなったし、どこか不満そうな顔をしていた。

先生からＯＫをもらい、エリザベスカラーもようやく取ることが出来たのは、すっかり秋の気配が濃くなった頃のことであった。

一家で買い物に出かけて戻って来て、いつものようにニャアを探した。

「ニャアや、ただいま。おみやげ買って来たよ」

返事がないのはいつものことだが、いつも外を見ている出窓に姿が見えない。

シンと静まり返り、妙に生き物の気配に乏しいリビングに、なんとも嫌な予感がした。

この頃、ニャアを残して人間が全員家を出る時は、必ずニャアをリビングに閉じ込めるようにしていた。ドアは言わずもがな、引き戸も二重になっており、これまで開けられたことは一度もなかったのだ。

だから、リビングにいないはずがないのだが——何度見ても、ニャアはいなかった。

「ねえ」

母が切羽詰まった声を上げた。

「引き戸が開いてるんだけど……」

それからはもう、てんやわんやである。

母は二階に駆け上がり、父は違う部屋に走り、私はリビングの家具の陰などを片っ端から見て回り、ニャアちゃん、ニャアちゃん、と声をかけて回った。

しかしニャアの姿は見えず、とうとう父が叫んだ。

「和室の網戸が開いてる！」

もう、その時の心境と言ったら、「ええ〜！」である。そうとしか言いようがない。

見れば、田舎暮らしの呑気さで施錠されていなかった網戸が、七センチほど開いていた。我が家の周辺は畑だらけでやぶ蚊も多く、網戸にすることはあっても絶対に隙間は作らないので、どう考えても誰かが網戸を開けたのだ。

犯人は泥棒ではない。ニャアである。

七センチは人間から見れば小さいが、猫からすれば大きな隙間だ。ニャアはやや肥満体であったのでまさかこんな所から抜けられるなんてと信じがたかったが、実際、家の中に彼の姿は見えない。

ニャアは、ここから脱走してしまったのだ。

ぴったり閉めた引き戸は開けられないと思い込んでいたが、今まではエリザベスカラーがついているせいでうまくいかなかっただけなのだろう。まさかカラーが取れたその日に、一気に外まで突破されてしまうとは全く思いもしなかった。

「ニャアは、ずっとこの機会を狙ってたんだね。家中を調べて、きっと、ここからなら出られそう、人間がいなくなったらチャンスだ、とか考えてたんだよ」

母が感心したように言う。

「いやあ、大したヤツだ」

父が額を撫で、大きな溜息をつく。

そして、私は呟いた。

「こんなことって、あるぅ……？」

その瞬間、全員が顔を見合わせ、一斉に噴き出した。声を出して、しばらくは笑い転げた。

どうして油断したのだろう、とか、どうして家を出る前にガラス戸を閉めなかったんだ、とか後悔するよりも先に、とにかく面白さが先に立ってしまったのだ。妙なことに、ある種の清々しささえ感じられた。

五十万円かけて治療し、家族と思い、至れり尽くせりの生活をさせていたお猫さまは、「そんなの知らんし」と言わんばかりに自分から出て行ってしまわれた。

ここまで来ると笑うしかなく、悟りのようなものまで開いた心地である。

その時に分かった。

猫も、人を選ぶのだ。

急に思い出したのが、一年前に死んだ犬のことであった。

ニャアにふられてしまった後になって、我が家の愛犬――チャチャ丸の姿が、強烈に思い出されたのだ。

チャチャ丸がこの家に貰われて来たばかりの頃、父が最初の散歩に連れて行こうとすると、途中で何かに気付いたように立ち止まり、自分から家に帰って来たことがあった。そのうちに大の散歩好きになったのだが、私の同級生の男の子が遊びに来てチャチャ丸と散歩に行こうとしたら、その時も不思議なくらい嫌がり、家から出ようとしなかった。

今思うと、他の場所に行くのは嫌、ここで暮らしたい、という仔犬なりの意思表示だったのだろう。

そんなチャチャ丸も、大きくなった後には何度も脱走をした。

鎖が切れたが故の脱走と散歩先からの逃亡（故意ではなく事故である）があったが、いずれも彼はきちんと自分から家に戻って来た。

彼は彼で、我が家を選んでくれたのだと思う。

これまで、私達はニャアを助けてやらねばと勇（いさ）んでいたが、それは非常に傲慢な考えだったかもしれない。猫を愛す人間の義務として人間が猫へ尽くす必要はあるが、猫はそんな思惑とはとんと無関係で、彼らは彼らの世界を生きている。

報われることもあれば、裏切られてしまうこともある。

でもきっと、それが正しいというか、正常な生き物同士の関係なのだ。

やってあげるというのではなく、猫を愛する人間の勝手なエゴとしてそれを行う。感謝を求めるのはお門違いで、好かれようなんていうのは傲慢な思いだ。

ただ、もしかしたら、こっちが自分勝手に彼らに干渉した結果として、彼らが気まぐれに、ほんのちょっとだけ我々に情を傾けてくれる瞬間があるのかもしれない。

それは素晴らしい幸運で、決して当たり前のことではない。

性質の違いはあれど、本質的な部分では、犬も猫もそれは変わらない。

同じ地球に生きてはいるが、私達人間と彼らでは、見ている世界は全く違う。それがちょっぴり重なりあって、奇跡的に交流が成り立った瞬間は、だからこそ尊く、すばらしいのだ。

チャチャ丸は、そういった奇跡的な瞬間を、たくさん我が家にもたらしてくれた。

自分の意思で戻ってきてくれたチャチャ丸は、きっと我が家での生活が幸せだったのだと思いたい。少なくとも、私は幸せだった。

あの子との思い出を、介護の後悔だけで埋め尽くしてしまうのはもったいなかったな。

ふとそう感じ、いつの間にか、そういう風に捉えることが出来るようになったのだと気付いた。チャチャ丸が死んでしまったことで出来た心の傷が、ニャアのおかげでだいぶ塞がっていたのかもしれない。

それだけで十分だと思えた。

ありがとう、ニャア。

でも出来れば、チャチャ丸と同じように、自分の意思で戻って来てくれたら嬉しい。

それで、最初からもう一度、信頼関係を築き直そう。

そう思い、いつかそうしていたように、片づけていたバーベキューチェアを掃き出し窓の前にセットした。いつ戻って来ても分かるようにカーテンを半分開け、腰を据えてニャアの帰りを待つことにしたのだった。

それから三時間後。

「あああ？」

風呂場から、父の裏返った悲鳴が響いた。

「なあに？　ゲジゲジでも出た？」

私がからかうように言っても、父は全く聞いていない。

「おい、おい、嘘だろ……」

ちょっと様子が変だ。

「何かあったの？」

「ニャアがいる」

その言葉に、台所で夕飯の支度をしていた母が飛び上り、私はパソコンを放り出して脱衣所に駆け寄った。

「どこ、どこ。カーポートの上？　戻ってきたの？」

「違う。あのな、家の中にいる……」

一瞬、何を言われたのか分からなかった。

問い返す前に脱衣所の扉が開かれ、あふれ出す湯気と光をバックに、半分濡れた体にタオルを巻いただけの父と、堂々たる体躯の茶トラが姿を現した。

「は……？」

「え……？」

えええええ、と私と母は絶叫し、我が家はしばし騒然となった。

「何？　どういうこと？　嘘でしょ！」

「どこにいたの！　家の中って？」

「いや分からん。なんか階段から下りてくる足音がするなと思ったら、風呂場のドアの前にいたんだ」

父の足元をすり抜けたニャアが、「なんやねん大きな声なんか出して」というような顔でリビングに出て行った。

呆然とその後ろ姿を見送った父が、「つまり、あれだな」と言った。

「こいつ、出ていかなかったんだな。最初から」

あの、七センチまで押し開けられた網戸の隙間。

どう考えても、あとほんの少し鼻で押せば、簡単に外に出られたはずだ。

これで自由の身になる！

そういう状況になって、初めてニャアは、己の今後について思案を巡らせたのかもしれない。つまり、選択肢はふたつある、と。

外には野犬や、縄張り争いをしなければならないライバル猫がいっぱいいる。外に出たら、またあいつらと戦っていかなければならない。まあ、そう思うと……この家の中で生活するのも、悪くはないかな？

――そう考えたかどうかは分からないが、実際、ニャアは自由への逃亡を思い止まった。

だが、逃走経路を確保することで疲れ果てていたので、人目につかない二階の物置に身を隠し、今の今までぐっすり眠りこけていたのだろう。

ニャアを撫でると、ゴロゴロと甘えた声を出した。

同じ地球に生きてはいるが、私達人間とこの子では、見ている世界は全く違う。それがちょっぴり重なりあって、奇跡的に交流が成り立った瞬間は、だからこそ尊く、こんなにもすばらしい。

その瞬間が、まさかこんな早くに訪れてくれるとは、全く予想もしていなかったけれど。

「ニャア、お前、うちの子になるか？」

かがんで、猫に視線を合わせた父が嬉しそうに言うと、もうウチの子ですよと言わんばかりに、ニャアは「にゃあ」と可愛く鳴いた。

いつの間にか、すっかり甘えた声が上手になっていたものだ。

双胎(そうたい)の爪

長岡弘樹

1

ノートパソコンを使ってリビングで仕事をしていると、足元にサッカーボールが転がってきた。二号球というやつで、直径が十五センチ程度しかない幼児用のボールだ。

「お父さん、こっち」

「パパ、こっち」

リビングの反対側から、二人の息子がおれに向かって同時に声を張り上げる。

いつも思うことだが、双子とはやっかいな存在だ。

こういう場合、年齢差のある兄弟なら、「お兄ちゃんだから」、あるいは「弟だから」との理由をつけ、どちらか一方に蹴り返してやればいい。

ところが双子の場合はそれができない。一方にだけボールを返したら、依怙贔屓をしたことになってしまう。

おれは蹴りやすいよう、横向きの形で椅子に座り直した。

陸也が向かって右にいる。

海斗は左側だ。

「リク、もっとそっちへ寄ってくれ。カイはもっとこっちだ」

手の動きで指示を出し、ばらばらに立っていた二人を、二メートルほどの距離を空けて横一列に並ばせた。

ボールの表面には、子供が喜ぶようにだろう、デフォルメされた猫の顔が描いてある。

現在四歳の息子たちは、このイラストを蹴ったら可哀想だと思っているらしく、顔の反対側ばかりをキックしているようだ。

だが猫という生き物が大嫌いなおれは、敢えて鼻面の部分を爪先で蹴ってやった。

ボールは狙いどおり、双子のちょうど中間地点へと転がっていく。

息子たちは我先に争って取るようなことはせず、二人ほぼ同時に裸足の小さな足を使ってぴたりとボールを止め、なかなか巧みなトラップを披露してくれた。

ところが陸也も海斗も、それ以上パスを再開しようとはしなかった。

「どうした？　練習はもう終わりかい」

「ううん」陸也がかぶりを振った。「もっとやるけど、公園でやりたい」

「行ってきていい？」海斗が訊いてくる。

「いまは駄目だよ」

彼らが行きたがっている公園はここからほど近い場所にある。玄関を出て、徒歩で三分といったところだ。

今日は土曜だから出勤する必要はないが、おれは会社から持ち帰った仕事で忙しかった。子供と遊んでいる暇はない。

とはいえ、保護者の付き添いなしで幼い子を外に出すのはあまりにも不安だ。

「サッカーじゃなくて隠れんぼをしたらどうだ。家の中でな」

二人とも、お気に入りの遊びは第一にサッカーで、次が隠れんぼだった。体を動かすのが好きなのだ。家庭用ゲーム機も一台買い与えてあるが、座ってやる娯楽にはほとんど興味を示さない。

健康的で何よりだが、隠れんぼをするとなると、海斗も陸也も、天袋や床下といったとんでもないところに身を潜めようとするから困る。そのまま疲れて寝込んでしまうことも多かった。この家はけっこう広いから、そうなると探し出すのに苦労する。

「やだ。サッカーがいい」と陸也。

「ここ狭いから、外でやりたい」と海斗。

「しょうがないな。じゃあ一時間だけだぞ。いいな」

おれは体の向きを変え、佐穂（さほ）の方を向いた。

妻はいまソファに座って足を組み、スマホの画面に視線を落としている。

「なあ」

声をかけると、佐穂はスマホから顔を上げた。

おれは親指を立て、それを東の方へ向けてやった。息子たちが行きたがっている公園は、そっちの方角にある。

「カイとリクを一時間だけ公園で遊ばせようと思う。いいだろ」

うん、とだけ面倒そうに返事をし、佐穂はすぐにまたスマホの画面に目を戻した。

「ただ、おれは仕事で忙しい。というわけで、そっちに付き添いを頼みたい」

そう言ってから、おれは佐穂の足元に目をやった。

彼女は今日も、踵の部分がないダイエットスリッパを履いている。そういう半端な痩身グッズなんかより、サッカーボールを追いかけた方がよっぽどカロリーを消費できるはずだ。

「わたしだって、こう見えても暇じゃないの。だから交替制にしましょう」

「OK。じゃあ三十分ずつな」

「ええ。それで、あなたは先がいいの？　それとも後？」

「そうだな……」

おれは考え込んだ。いま仕事を中断してしまうと、再開するのが面倒になりそうだ。

かといって、軽く息抜きをしたいタイミングでもある。

後の方がいいかな。そう思って口を開きかけたが、

「あなたが先、わたしが後」佐穂の言葉に先を越されてしまった。「三十分経ったらちゃんと交替するから、さっさと行ってよ」

それだけ言うと、妻はこちらに背中を向けてソファに寝そべり、またスマホをいじりはじめた。

おれは黙って立ち上がった。

「よし、じゃあ三分後にキックオフだぞ」

子供たちにかけた声を、佐穂に対する「行ってくるよ」の代わりにしつつ、おれはノートパソコンの画面を閉じた。

2

土曜日の午後、しかも晴天とあって、公園の広場はすでに、キャッチボールやバドミントンに興じる家族連れに占領されていた。

空いているのは隅っこだけだ。おれたちはそこで一辺五メートルほどの三角形を作り、グラウンダーで、つまり野球でいうゴロでボールを回しはじめた。

海斗からボールを受けたとき、おれは彼の背後を指さして言った。

「カイ、その黒いやつに突かれないよう、注意するんだぞ」

海斗が立っている場所の近くには伽羅木の植え込みがあり、いまは枝の上にやけに体の大きなカラスが一羽とまっている。そいつはふてぶてしい性格らしく、おれたちが近くで動き回っても、まるで逃げる素振りを見せなかった。

そのうち、陸也のトゥーキックでボールが宙に浮き、大きくバウンドしたため、海斗がトラップし損ねた。

ボールは伽羅木を越え、その向こう側へと転がっていく。

海斗は小さな体を植え込みの隙間に入れ、ボールを取りに行った。だが、すぐには戻ってこなかった。ボールを手にしたまま、その場にとどまり、地面の一点をじっと見つめている。

「カイ」

おれは海斗に向かって、指でバッテンを作ってやった。

海斗が地面に顔を向けたまま、いつもの癖で親指の爪を嚙んでいたからだ。その悪癖を止めろという警告だ。

「どうした？　何か見つけたのか」

海斗が指を離したのを待ってから、そう訊いてみた。

「うん。これ見て」

　陸也と一緒に近寄り、海斗の指が示す方向をたどってみたところ、そこには猫が二匹うずくまっていた。

　一匹は白黒で、もう一匹は茶トラだ。

　ともにあばらが浮き出るほど痩せこけているため、だいぶ小さく見えるが、体長はどちらも二十センチ近くはありそうだ。生まれたての赤ちゃんというわけではないだろう。

　季節はもう初夏だが、二匹の子猫は互いに暖を求めるように、ぴったりと身を寄せ合っていた。空腹のせいで寒いのかもしれない。

「野良猫か……。こんなにくっついているところを見ると、こいつらもきっとリクやカイと同じだな」

「それ、どういう意味？」おれの横で陸也が問う。

「兄弟ってことだよ。しかも双子だ。いや、たぶん三つ子か四つ子のうちの二匹だろう。猫はいっぺんに何匹も産むからな」

　説明してやりながら周囲に目を走らせたが、母猫らしき姿は見当たらない。

「じゃあ、どうして毛の色が全然違うの？」そう訊いてきたのは海斗だった。「いっぺんに生まれたんなら、同じはずじゃない？　ぼくとリク兄の顔が同じみたいに」

「それはな、お父さんが別々だからだ」

そのように教えてやってから、おれは陸也と海斗を交互に見つめた。

思わず、そうしていた。

ごく稀にだが、人間の双子でも父親が違う場合がある。そんな話を、新聞か雑誌の記事で目にしたのを思い出したからだ。

特に強く視線を当てたのは陸也の顔だった。その両サイドにある耳朶（みみたぶ）の形が、おれのそれとけっこう違っていることには、だいぶ以前から気づいている。

――馬鹿な。

おれは首を振って、その先を考えないようにした。

猫を触りたいらしく、陸也も植え込みを越えていこうとする。その肩をおれは摑んだ。

「駄目だって。近づかない方がいい。カイも早くこっちに来るんだ」

猫のそばを離れた海斗は、植え込みの隙間から戻ってくるとおれに言った。

「あの猫、飼っちゃいけない？」

「うん、飼いたい」おれに肩をつかまれたまま陸也も同調する。

「冗談じゃないぞ」

猫が嫌いなおれは、もちろん即座に反対した。

「こんなばっちいやつらを連れて帰ったら、家が汚れるだろ。それに野良猫なんて、たいてい変なバイ菌を持っているもんなんだ。病気をうつされるかもしれないじゃな――」

途中で言葉を失ったのは、突然、巨大な黒い塊が視界に入ってきたからだった。

その正体がさっきのカラスだと気づいたときにはもう、そいつは二匹のうち白黒の方を嘴に咥え、西の方角へと飛び去ってしまっていた。

ショックを受けた息子たちは、短く悲鳴のような声を上げた。その後、陸也は呆然と立ち尽くし、海斗はおれのズボンにしがみついてくる。

「保護してあげましょうよ」

後ろで聞こえた声に振り返ると、そこに立っていたのは佐穂だった。

おれは腕時計に目をやった。いつの間にか、家を出てからちょうど三十分が経過している。

佐穂もいまの惨劇を目にしたはずだ。だが、そのわりには平然とした様子で体を横にし、さっき海斗がそうしたように伽羅木の隙間から植え込みの内側へと入っていく。

そして小さな茶トラを抱き上げた。

「放っておいたら、この子もカラスに食べられちゃうよ。そんなの、気の毒すぎるじゃない。だから、うちで飼っちゃいましょう」

二人の息子は、茶トラを抱いて戻ってきた佐穂の隣に立ち、彼女の腕をつかんで賛成の意を表した。二卵性の双子だが、海斗も陸也もルックスはほぼ同じで、どちらも母親似だ。だから同じ顔が三つ並んだように見えている。

「待ってくれよ。おれが猫嫌いだって知ってるだろ」

「いいじゃない。どうせあなたは」

そこで佐穂は言葉を切った。

――どうせあなたは、あと一か月もすれば家を出ていくんだから。

そう言うつもりだったのだろうが、子供たちの手前、すんでのところで口をつぐんだのだ。

3

今日は珍しく定時に退勤できた。最近は残業続きだったから、日没前に帰ってきたのは久しぶりだ。

それは嬉しいが、海斗と陸也の走り回る音が聞こえないのはどうしたことか。

そのときになって、おれは思い出した。そう言えば、今日は子供会の行事が予定されていたはずだ。この時間なら、まだ公民館で人形劇を観ている最中だろう。

それにしても、佐穂の気配までないのが気になる。

キッチンへ入ってみた。

揚げ物を作るためだろうか、ガスコンロには油の入ったフライパンが載せてあり、しかも火が点いている。にもかかわらず佐穂の姿はない。

「ったく、危ないだろが」

小声で毒づきながらコンロの火を止めたとき、おれは気づいた。

シンクの横、ワークトップと呼ばれる平らな部分に、すでにできあがった料理が並べてある。そこには皿と一緒に茶トラの子猫も載っていて、料理に鼻先を近づけているのだった。

「おいクー、降りろ」

三対一の多数決でおれが負け、公園にいた茶トラを家で飼うことになった。あれから早くも三週間ばかりが過ぎていた。痩せていた元野良はあっという間に大きくなり、毎日子供たちと家の中をうるさく駆け回っている。

猫の性別は雌で、獣医に診せたところ年齢は生後半年ぐらいだろうとのことだった。

名前は「クー」にした。

名付け親は佐穂だ。子供たちの名前が「陸」と「海」だから、そうなると「空」しかないだろうと考えたらしい。ただし「ソラ」では語感が悪いため、音読みにしたとのことだった。

「ほらクー、さっさとどっかへ行けって」

目の前で手を振ると、ようやく猫は床に降りた。

クーが転がして運んできたのだろうか、ガスコンロ前の床には二号球のサッカーボールも転がっている。

イラストの猫の顔を、友達か何かと勘違いしているのかもしれない。クーがそのボールに嬉々としてじゃれつき始めたとき、勝手口の外でカラカラと音がした。

どうやら佐穂はいま、そこで空き缶の始末をしているようだ。

狭い土間を見ると、たしかに上り口には例のダイエットスリッパが脱いである。

おれは勝手口のそばに行き、耳を澄ませた。

佐穂の様子を気配でうかがう。

おれと結婚する前、彼女は別の男と交際していた。式を済ませて同居を始めた後も、しばらくの間は、その元彼(もとかれ)と隠れて会っていたらしい。

「もうきっぱり別れたから」。現在はそう主張している佐穂だが、もしかしたら、いまもおれの目を盗んでこっそり連絡を取り合っているのかもしれない……。

サンダルの足音が近づいてきたため、おれは慌てて勝手口の前から離れた。

ドアが開き、佐穂が中に入ってくる。

「あら、帰ってたの。今日は早かったんだね。ごめん、全然気づかなくて」

そう言い終えた直後、佐穂は勝手口の前で大きく姿勢を崩した。

ダイエットスリッパのせいだ。

体重が気になるからと、彼女が数か月前から使い始めたこの代物(しろもの)を、おれは毛嫌いしていた。踵の部分がないため、これを履くと、ほぼ爪先立ちで歩かなければならない。だから体のバランスは常に不安定となり、危ないことこの上ないのだ。

「やっぱり、そいつを履くのはやめた方がいいんじゃないか」体を支えてやりながら、おれは佐穂の足元に向かって言った。「そのうちきっと大怪我をするぞ」

「放っといて」

「もっと危ないのは、コンロが点けっぱなしだったってことだ。消しておいたからな」

「それも大きなお世話。よけいなことしないでよ」

佐穂はおれを押しのけるようにしてガスコンロの前へ行くと、ツマミを捻(ひね)って点火し直した。

「空き缶をまとめていただけじゃないの。そんな作業は一分もかからないわよ。すぐここへ戻ってくるつもりだったんだから」

「一分でも火を使っている以上、そばを離れちゃだめだろ。それにだ、またこいつが」

いまだに床でボールにじゃれついている茶トラを、おれは指さした。

「悪さをしていたぞ。もう少しでつまみ食いされるところだった」

「いいじゃない、少しぐらい」

「よくないって。それじゃあ、わざわざあれを取り付けた意味がないだろが」

猫に向けていた指先を、今度はキッチンの天井へと向けた。

食事の準備中、佐穂がちょっと台所から出た隙に、できあがった料理をクーが盗み食いしたことが以前にもあった。野良暮らしをしていたせいか、この家に来たときから、食べ物に関してはずいぶんと節操のない猫だった。

そのため先週、業者を呼んでキッチンの天井に見守りカメラを設置したのだ。カメラが捉えた映像は常時、佐穂のスマホへ送られる。料理の合間に別の用事で不在にしても、そこへクーが入ってきたことが分かるため、すぐにキッチンへ取って返せるという寸法だ。カメラの映像はまた、おれのノートパソコンに動画データとして保存されるようにもなっていた。

設置には五万円ばかりかかった。だというのに、こんなに甘やかしていては、せっかくの出費がまるで意味をなさなくなる。

「そんなにカッカしないでよ」

佐穂は猫を抱き上げた。キスをしようと、すぼめた唇を額のあたりに近づける。

一方のクーは弱々しくミャアと鳴き、耳を伏せ気味にした。ちょっと怖がっているように見える。こんなことは初めてだ。

「毎日あんまりしつこく抱っこしてるから、逆に嫌われちゃったかな」

佐穂がしゃがんで放してやると、クーはぱっと彼女の足元から遠ざかり、冷蔵庫のそばでうずくまった。

おれは佐穂に訊いてみた。「クーの嫌いな食べ物は何だ？」

「玉葱（たまねぎ）とか大蒜（にんにく）あたりかな。普通の猫と同じだよ」

「もしかして、そのスリッパにくっついたりしてないか」

「何がよ？　玉葱とか大蒜がってこと？」

「そうだ」

「まさか」

佐穂は左右の膝を交互に折り曲げ、ダイエットスリッパの裏側を調べる仕草をした。

「何もついてないけど」

「ならいい」

いまクーは、佐穂のスリッパを敬遠した。そのようにおれの目には見えたのだが、気のせいだったか。

「ところでさ」

佐穂が急に口調を変え、足元のサッカーボールを軽く蹴った。冷蔵庫のそばにいたクーがそれを追いかけ、キッチンから出ていく。

「あなたはどっちを選ぶつもりなの」

「どっちって？」

「だから子供よ。リクとカイ、どっちと暮らしたいわけ？」

おれたち夫婦は、近々離婚する。

性格的にそりが合わなかったのだ。子供たちには悟られないようにしてきたが、実は結婚して以来、ことあるごとに夫婦喧嘩を繰り返している。そのため、おれの精神は疲弊し切っていた。

――別れよう。

そう先に切り出したおれが、この家を出ていくことになっている。

次に住む予定の家は一戸建てではなく、近所にあるマンションの一室だ。もう数日もすれば先住者が引っ越していくはずだから、やろうと思えば週明けにでも引っ越しは可能だった。

ちなみにそこはペットもOKの物件だ。とはいえクーを連れて行くことなどありえないから、そんな特典は、おれにとって宝の持ち腐れでしかない。

佐穂はいま専業主婦だが、看護師の資格を持っている。おれと別れたあとは、また病院勤務に戻るつもりのようだ。

幸いにも子供は二人いるため、一人ずつ引き取ればいい。この点には、おれも佐穂も納得していた。離婚は悲劇に違いないものの、親権で揉めることがないのはせめてもの救いだ。

「さあな。そっちはどうするんだよ」

質問には質問で応じるしかなかった。

おれは元から優柔不断な性格だ。子供を選ぶなどという大きな問題なら、なおさらそう簡単に答えが出せるはずもなかった。たぶん別居を始めるぎりぎりのタイミングまで、どっちにするか決められずに悩み続けることだろう。

「わたしも迷ってる。まあ、子供たちの意見も尊重しなくちゃいけないしね。そろそろ帰ってくるだろうから、今日あたり訊いてみようと思うんだけど」

「そうしようか。たぶん訊くまでもないだろうけどな」

「どういう意味よ、それ」

「リクとカイがどっちを選ぶか、おれにはもう分かってるってことさ。二人ともきっと答えは同じだよ」

へえ。佐穂は意地悪そうな笑みを口の端に浮かべ、腕を組んだ。

「で、二人はどっちを選ぶっていうのよ。あなたの方？」

首を横に振った。

「じゃあ、わたし？」

今度はゆっくりと頷いた。

「嬉しい予言だこと。当たるかどうか楽しみね」

そうこうしているうちに時刻は六時を回り、子供会が準備した送迎バスに乗って息子たちが公民館から帰ってきた。

「突然だけど、驚かないで聞いてほしい」

夕食の席で、まずおれが切り出した。

「もう少ししたら、お父さんとお母さんは別々に暮らすことになる」

そこまで一気に言ってから、息子たちの反応をうかがってみた。

陸也は息を詰めている。

海斗は親指の爪を嚙み始めた。

「そしてカイとリクも家が別々になるんだ。どっちかがお母さんと、どっちかがお父さんと暮らすわけだ」

海斗がますます強く爪を嚙む。おれはテーブル越しに手を伸ばし、その指を口元から離してやった。

「一緒には暮らせないけど、安心してほしい。うんと遠くに行ってしまうわけでもないからな。お母さんの家はいままでどおりここだし、お父さんの新しいマンションも、実はすぐ近くにあるんだ。だから」

いま口から離してやった海斗の手を、陸也の方へ近づけ、息子二人の手を繋がせてやった。

「カイとリクも逢おうと思えば、こんなふうにいつでも逢えるんだよ。簡単にね。いままでどおり幼稚園でも一緒だしな。そう考えれば、どうってことないだろ」

息子たちは納得してくれたようだった。

「それじゃあ訊くけど、きみたちは、お母さんとお父さんのうち、どっちと暮らしたい？　どっちを選んでも怒ったりしないから、正直な気持ちを聞かせてくれないかな」

陸也は「うん」と声を出して頷いた。

海斗はまた爪を嚙んだりしないようにだろう、ぎゅっと手を握っている。

「まずはリクからだ」

「ぼく……どっちかって言うと、お母さんがいい」

ほらな、の視線をおれは佐穂に向けてやり、そのあと、足元でうろちょろしているクーをちらりと見やった。

おれが口にした〝予言〟の根拠がこいつなのだ。

子供たちはこの茶トラに夢中だ。猫嫌いのおれが別居先にクーを連れていくわけがないから、猫は当然この家に残ることになる。つまりクーと一緒にいたければ母親を選ぶしかないわけだ。もう四歳なのだから、それぐらいのことは息子たちにもちゃんと理解できている。

佐穂がクーを飼うと決めた理由。それは猫を餌に子供たちを二人とも自分の許に引きつけておくためではなかったか。そんな考えも頭をかすめたが、落ち着いて考えればそれは邪推(じゃすい)というものだろう。子供は一人ずつ引き取る、との取り決めは、公園でクーと出会う前から、おれたちの間で決まっていたことなのだから。

「カイ、きみはどうかな」

すぐに陸也と同じ答えが返ってくると思っていたが、海斗はなぜか黙っている。

「きみもお母さんがいいのかい?」

海斗は目を伏せた。首は縦にも横にも動かさない。

「じゃあ、もしかして、お父さんと一緒にいたい?」

ここでようやく海斗は反応を見せた。躊躇(ためら)いながらも、首を縦方向に動かしたのだ。

おれは再度、今度は戸惑いながら佐穂を見やった。

予言が当たらなくて残念ね。そんな顔で佐穂は軽く肩をすくめてみせる。

たしかに外れた形になったが、海斗の答えは、おれにとって嬉しい誤算だった。

4

朝食を終え、新聞を畳みながらカレンダーに目を向けた。

この家に住むのも、今日を入れてあと三日だ。

おれより一足先に食べ終えた息子たちが、今朝も庭で遊んでいる。幼稚園のバスが迎えに来るのは午前九時ごろだから、朝食のあとは少し時間が余り、〝自宅お遊戯〟の始まりと相なるのが常だった。

陸也が走り回り、その後ろをクーが追いかけている。

そこへ海斗が近づいていくと、クーは海斗を避け、陸也の後ろに隠れてしまった。

少しして、海斗がおれのところへやってきた。目に涙を溜めている。

聞けば、このところなぜかクーは海斗を避けるようになっているという。それが悲しくてしょうがないらしい。

先日の夕方、佐穂と別居する件を息子たちに打ち明けた。そのときの様子が思い出された。

海斗もクーと同居したくて佐穂を選ぶだろう。おれはそう思い込んでいた。しかし実際は違っていた。

このところ残業続きだったためにまったく気づかなかったが、あのときすでにクーは、海斗に寄りつかなくなっていたのだろう。だから海斗の気持ちも猫から離れてしまったのだ。

「もうクーなんか可愛くない。あんな猫いらない」

海斗は、そうはっきりと言って親指の爪を嚙んだ。

彼の手をそっと口元から離してやり、おれは訊いた。

「幼稚園が終わったら、今日は何して遊ぶんだ？　またサッカーか」

海斗は首を横に振った。「一人でゲームする」

「そんなこと言わずにリクと遊べって。クーも交えてな。サッカーが嫌なら隠れんぼをすればいいさ。クーを鬼にして」

両目からあふれ始めた涙をハンカチで拭いてやり、同時に、海斗の耳なら自分のとそっくり形が同じであることを再確認しつつ、おれは続けた。

「もしカイのことをクーが避けているなら、クーはリク兄の方ばっかり探すだろ。そしたらカイの勝ちじゃないか」

「……そっか」

ようやく小さな笑顔を見せた海斗の頭を、髪がくしゃくしゃになるまで撫でてやったあと、おれは出勤の途に就いた。

その日の仕事は、あまり捗らなかった。つい暇を見つけては、海斗と二人で暮らす毎日をぼんやり夢想してばかりいたせいだ。

おれと佐穂の間では、どっちがどっちの子を引き取るかについて、すでに自然と結論が出た状態になっている。

彼女は陸也と、おれは海斗と暮らす、ということだ。

子供たちの間でクーの取り合いになり、話がこじれてしまうのではないか。密かに心配していたその点も、杞憂(きゆう)に終わってほっとしている。

今日も定時に会社を出た。

最寄り駅から自宅までは徒歩だ。

行く手に煙が上がっているのが見えたのは、一か月前にクーを拾った公園まで来たときだった。

どこかの家で火災が起きたらしい。

嫌な予感がし、おれは駆け出した。煙の上がっている場所が、自宅のある方向とぴたりと一致していたからだ。

予感は的中した。曲がり角を折れると、目に映った我が家は、窓という窓から灰色の煙の柱をもうもうと立ち昇らせていた。

焦るあまり鍵を何度か差し込み損ねたあと、やっと玄関のドアを開け、土足のまま家の中に飛び込んだ。

火元はキッチン。そうすぐに見当がついた。

煙で霞む視界の中、服の袖で口元を覆い、キッチンに走ると、ガスコンロの上でフライパンが燃えていた。炎は壁をつたい天井を焦がしている。すでに火勢は強く、消火器では消せそうにない。

床には佐穂が倒れていた。

「おい、どうしたっ」

抱き起して耳元で声を張ったが、妻はまったく反応しなかった。

遠くにサイレンの音が聞こえた。煙に気づいた近所の人が、消防車を呼んでくれたらしい。

燃えている天井と壁からの輻射熱(ふくしゃねつ)に耐えつつ、佐穂の両脇に手を差し入れ、引き摺(ず)るようにして勝手口まで移動し、ドアを開けた。煙を避けるために家の外に寝かせてから、また屋内に戻る。とにかく早く子供たちを探さなければならない。

「海斗!　陸也!」

咳込みながら、蛇口の水でハンカチを濡らした。口元を覆い、一階の東側にある子供部屋へ向かう。

いない。

今日は隠れんぼをして遊ぶといい。そのように今朝、海斗に言い含めた。おれの言葉に従い、息子たちはクーを鬼にして、どこかに身を潜めているのではないか。そしていつものように、その場所で眠り込んでしまったに違いない。

そのとき、足元にクーがいるのに気づいた。おれの顔を見上げ、何かを訴えかけるように鳴いている。

「カイとリクはどこだっ。教えてくれ！」

クーに向かって怒鳴り返してやると、猫は廊下を駈け出した。

こいつが子供たちの居場所を知っているかもしれない。一縷の望みをかけ、おれは茶トラのあとを追った。

クーは階段を上っていく。

そうして向かった先は二階の洋室だった。

室内に入ると、何かが足に当たるのを感じた。二号球のサッカーボールだ。

クーはと言えば、クローゼットの前まで行き、後ろ足だけで立ち上がっている。そうして前足で扉を引っ掻くような仕草をし始めた。

「そこかっ」

扉を開けると、中で陸也が眠っていた。この部屋にもすでに煙が上がってきているが、火事にはまったく気づいていないようだ。

おれは陸也の頰を叩いた。手加減している余裕はなかった。

「リクっ、起きろ。カイはどこだっ」

陸也が目を覚まし、寝ぼけ顔で、

「……カイくん？　知らない」

そう言ったあと、ようやくただならぬ様子に気づいたらしく、不安に顔をぐにゃりと歪めた。

「クー、カイの居場所も教えてくれ！」

クーは海斗を避けている。それを知りながら頼んでみたが、茶トラはもう外に逃げたくてそわそわしている様子だった。海斗の存在など、まるで頭の中にないらしい。それがはっきりと分かる素振りだ。

この洋室には、クローゼット以外に子供が隠れられる場所はなさそうだ。ほかの部屋を探さなければ。

そう考えて部屋から出ようとした矢先、室内にどっと黒い煙の塊が押し寄せてきた。

こうなったら窓から外へ逃げるしかない。自力で海斗の捜索をするのは、もはや不可能だ。

おれは陸也を抱え、窓から屋根に出た。

クーもついてくる。

屋根の下にはもう消防隊員が待機していた。救助マットも準備してある。

陸也とクーをマットめがけて放り投げたあと、おれも屋根の庇（ひさし）を蹴って飛び降りた。

5

平日の昼間、近所の衣料品店内に客の姿はまばらだった。

メンズコーナーのハンガーに掛かった何着ものシャツを前に、おれはさっきから悩んでいた。

カラーは、これからの季節を考えれば寒色の方がいいだろう。しかし柄がいろいろあって選ぶのが大変だ。そもそもフォーマル寄りにしたらいいのか、それともカジュアルでいくべきか。そういう基本的な部分ですら、いまだ迷っているありさまだった。

腿のあたりを軽く誰かの指でつつかれた。見ると、そこには陸也の退屈しきった顔があった。

「お父さん、まだなの？」

「もうちょい待ってくれ」

佐穂がいてくれたらな、と思った。

先日の火事で、ほとんどの服が煤（すす）を被ってしまったため、とりあえず二、三着ほど新しく準備しなければならない。だが、優柔不断な性格が邪魔をし、買い物に出ると商品を選ぶのにやたら時間がかかってしまう。

こんなときはいつも佐穂が、

——あなたにはこっちが似合うよ。

さっさと決めてくれたものだ。そして彼女の選択はいつも的確だった。

佐穂……。

医師から聞いたところによれば、おれが必死の思いで彼女をキッチンから外へ運び出したときには、すでに一酸化炭素中毒で死亡していたらしい。

葬儀は昨日、滞りなく終えた。

実は佐穂の実家には、離婚についてまだ一切話をしていなかった。それが、かえってよかったようだ。おかげで余計な波風を立てずに、粛々と弔いを済ますことができたのだから。

佐穂は手遅れだったが、海斗はどうにか一命を取り留めた。

一階にある洗面台の下に隠れ、そのまま眠り込んでいた海斗は、消防隊員に発見されて病院へ運ばれた。大量の煙を吸い込んだため現在も意識不明の状態が続いているが、少なくとも生きてはいる。それに医師の説明によれば、回復の見込みはあるらしい。

やっと服を選び終え、新居のマンションに戻った。

おれの会社では、配偶者が死亡した際にもらえる忌引き休暇は十日間だ。休みはあと三日も残っている。

クーに餌をやる時間になり、おれは戸棚からキャットフードを取り出した。佐穂が買い置きしていた餌で、食べられる状態で焼け残っていたため、ここへ持ってきたものだ。パッケージには「雌猫専用」「超高消化性小麦タンパク」「消化率九十九パーセント」などと謳ってある。

袋のガサガサという音を聞きつけ、さっそくクーが近寄ってくる。

火事の前、佐穂に頼まれておれがクーに餌をやったことが何度かあった。彼女はちゃんと秤で量を計測し、一度の食事につき二十五グラム分をきっちり与えていたようだが、おれはそんな面倒くさい真似をする気になれず、だいたいの目分量で済ませていた。

だが、いまは佐穂に倣い、正確に二十五グラムを計って与えている。

野良時代の癖がようやく抜けたらしく、がっつくことなく静かに食べ始めるクー。その傍らにしゃがみ、背中の毛を撫でてやりつつ、おれはそっと呟いた。

「おまえは命の恩人だな。おかげでリクが助かったよ」

以前なら、猫などとても触る気になれなかったが、こうしてみると、なかなか可愛いものだ。

母を失い、弟にも逢えない陸也は、いまベランダに出てぼんやり外を眺めている。

その小さな背中を見やりながら、おれはソファに座った。すると食事を終えたクーが、こっちの膝に乗ってきた。

「美味かったか。今度はおやつも買ってきてやるからな。おまえはどんな味が好きなんだっけ？」

そのとき、胸のポケットでスマホが鳴った。画面に表示されているのは、火災保険会社の番号だ。

「リク、こっちに来てクーを引き取ってくれ」

ベランダに向かってそう声をかけたが、

「やだ」

陸也の返事はすげなかった。

クーとの距離を縮めたおれとは裏腹に、このマンションに移ってからというもの、陸也はあまり猫と遊ばなくなった。

火事の際、クーは自分を見つけてくれたが、海斗には関心を向けなかった。どうして同じように弟も探してくれなかったのか。恨みを含んだそんな疑念に、自分だけが無事だったことへの罪悪感も絡み、クーに複雑な感情を向けるようになってしまったようだ。

陸也の気持ちが落ち着くまで、猫の相手はこっちがするしかないだろう。

おれはクーを膝に乗せたまま、スマホを耳に当てた。

《このたびは、改めましてお悔やみを申し上げます》保険会社の担当者はやけに事務的な口調で言った。《現在、保険金をお支払いする手続きを進めているところです。つきましては現場の写真が必要なのですが、ご準備をお願いしてもよろしいでしょうか》

「ええ、撮ってきますよ」

消防署からは、建物の内に入っても差し支えない旨の了解を得ている。

「ただ、お送りするのは明日でもいいですか？」

できれば今日のうちに撮影したいが、もう外は薄暗い。火事のあと、あの家には電気の供給がストップしている。勝手を知った元我が家とはいえ、煤だらけの場所を懐中電灯一つで歩き回りたくはない。

《はい、問題ありません。ご面倒ですが、被害を受けた家財がすべて分かるように撮影していただけると助かります》

「承知しました」

火事のあった当日は、病院に運ばれた佐穂や海斗の付き添いをしなければならなかったし、同時に消防署の聴き取り調査にも応じる必要があった。そのため、物事を落ち着いて考える余裕などまるでなかった。

出火当時の様子を突き止めなければ。そう思い立ったのは、日付をまたぎ、引っ越しとも避難ともつかない状態で、このマンションへ移ってからだった。

——見守りカメラがあったな。

すぐに思い至り、ノートパソコンを開くと、さっそく火事が起きた時間の動画データを再生してみた。

画面の中では、佐穂がキッチンで夕食の支度をしていた。このときも揚げ物を作るために、ガスコンロでフライパンを加熱している。

そのとき、彼女は何かに気づいたらしく、自分の足元に目をやった。

画面から切れているせいで、佐穂が何を見たのかは分からなかった。

指先に食材がついていたのだろう、彼女は親指をぺろりと舐めるようにしながら、足元にあるその何かを蹴った。

たぶん、いつかのようにクーがそばにいて、二号球のサッカーボールにじゃれつき、佐穂の方へ転がしたのではないか。彼女はそのボールを蹴り返したのだと思われた。

その直後、踵のないダイエットスリッパを履いていた佐穂は、バランスを崩して転倒した。

そして動かなくなった。

キッチンユニットの角に後頭部を強く打ちつけたせいで、失神したのだと知れた。

身動きをしない佐穂のそばで、やがてフライパンから火が上がった。その火が天井を焦がし始めるまで、さほど時間はかからなかった——。

《では、お手数ですが、よろしくお願いします》

保険会社の担当者が電話を切ると、おれもスマホをしまい、クーを抱き上げて床に置いた。そうしてから、猫に代ってノートパソコンを膝の上に載せる。

出火当時の様子を記録した映像。その動画をコピーし、佐穂が転倒する部分はカットしてから陸也を呼び寄せた。

陸也が母親を恋しがっていることには、もちろん気づいている。

「お母さんが映っている動画が見つかったよ。ほんの短い映像だけど、見てみるか？」

頷いた陸也の前で、いま編集したものを再生してやった。

陸也は息を詰めるようにして、映像の中の佐穂に目を凝らしている。

五回ほど繰り返して見たあと、彼はぽつりと言った。「変だね」

「何がだい」

「お母さん、カイくんの真似してる」

「どういう意味だ、それ」

「爪嚙んでる」

「まさか」

おれは映像を可能なかぎり拡大して再生してみた。

「……本当だ。リクの言うとおりだよ」

映像の中には、佐穂が親指を口元へ持っていく部分がある。それについては、料理で指先についた食材を舐め取ったものだと、おれは解釈していた。

しかし注意深く見直してみた結果、それは誤りだったと認めざるをえなかった。指先を舐めたのではない。彼女は爪を噛んだのだ。

海斗の癖については、普段から佐穂も「やめなさい」と注意をしていた。それなのに自分がそれをやるとは、どういうわけだろう。息子の悪癖が無意識のうちにうつってしまったということか。

いずれにしても、思わぬところで海斗を思い出させるような出来事に遭遇してしまったわけだ。

陸也をこれ以上動揺させてもまずい。こうなった以上、急いでノートパソコンを閉じるしかなかった。

6

病院の海斗を見舞ってから、午前中のうちに、おれは焼けた家へと足を運んだ。

煤を吸い込まないようしっかり防塵（ぼうじん）マスクをし、デジカメで各部屋を撮影していく。

最も焼損の激しいキッチンには、例のダイエットスリッパが落ちていた。水を被り、煤で汚れている。

忌まわしい物体だ。これが火事の原因を作り、佐穂の命を奪ったとも言えるのだ。とはいえ彼女の遺品でもあることに変わりはないため、持参したトートバッグに入れて持ち帰ることにした。

一階の撮影を終え、二階に上がる。

陸也を見つけた洋室の内部を撮影したとき、踝(くるぶし)のあたりに触れたものがあった。

二号球のサッカーボールだ。

こちらはほとんど傷んでいない。猫の顔のイラストが描いてある部分にちょっと煤がついているだけだから、まだ十分に使えるだろう。陸也とクーのために持ち帰ってやるかと思い、これもトートバッグの中にしまう。

火災現場の写真を撮るなど、もちろん初めての経験だ。とにかく家財道具のうち、焼けたもの、あるいは煤と水を被って駄目になったものは、ほぼ全部デジカメの中に収めた。これだけ撮っておけば、火災保険の手続きもすんなりいくだろう。

マンションへ帰る途中、コンビニへ立ち寄った。

キャットフードの棚には、スティックタイプの猫用おやつとして、まぐろ味、かつお味、とりささみ味の三種類が並んでいた。陸也から聞いたところによれば、クーは魚より鶏肉が好きらしいから、三番目のやつを選んで買い求める。

マンションに戻ると、前の家から持ってきたサッカーボールを陸也に手渡してやった。

「お気に入りのこれ、持ち帰ったぞ」

「ありがとう。どこにあったの？」

その問いに対する答えは「二階の洋室」だが、その言葉は口にしない方がいいだろう。火災当時の記憶をフラッシュバックさせてしまうことになりかねないからだ。そこで、

「一階のキッチンだよ」

いい加減な返事をしてから陸也の前を離れ、ソファに腰を下ろした。

おれは手を叩いて茶トラを傍らに呼び寄せながら、いましがたコンビニで買ってきたものをレジ袋から取り出した。

「クー」

「ほら、この前約束したおやつだぞ」

スティックの封を切り、練り物のような中身を少し絞り出してから、それをクーの口元へと持っていってやる。

猫の舌にはかなりの美味らしく、フチャフチャと音を立てるクーの口元で、練り物状のおやつがどんどん消えていく。

そのときだった。

ふと気づいたことがあり、おれはクーにおやつをやったまま、もう片方の手でテーブルの上に置いてあるノートパソコンを持ち上げ、膝の上に載せた。

急いで画面を開き、やはり片手でタッチパッドとキーを操作しながら、見守りカメラの映像をもう一度再生していく。

先ほど、おれは二号球のサッカーボールを二階の洋室で見つけた。

火事のあった際、それは一階ではなく二階にあったのだ。

ならばこの映像の中で、一階にいる佐穂はいったい何を蹴ったのだろう。

脳裏に一つの考えが像を結びつつある。その手応えを感じながら、おれはノートパソコンを閉じた。

その手で、今度は足元に置いてあったトートバッグを開く。

そこから佐穂のダイエットスリッパを取り出すと、傍らで聞こえていたフチャフチャ音が急に止んだ。

大好物のおやつをいともあっさり放り出したクーは、一瞬でおれのそばから離れたかと思うと、爪でカーペットを引っ掻くようにして走り、テーブルの下に潜り込んでしまった。

おやつのスティックをレジ袋にしまいながら、おれは猫の顔をうかがった。いつの間にか尻尾の毛を逆立て、その太さを倍ほどにもしている茶トラの両目には、怯えの色がありありと浮かんでいる。

予想したとおりだ。

もしかして映像の中の佐穂は、サッカーボールではなく、別のものをこのダイエットスリッパで蹴り飛ばしていたのではないか。

そう、クー自身を。

しかも、こっそりと日常的にそうしていたのではなかったか。

爪を嚙みながらクーを蹴り飛ばす。

その行為を繰り返すと、どうなるか。

爪を嚙むのは海斗の癖だから、クーは反射的に海斗を怖がり、敬遠するようになる。

事実、そうなった。

懐(なつ)かなければ、海斗もクーを可愛いと思わなくなる。

これも事実、そうなった。

つまりそれが、すなわち海斗をおれと同じく猫嫌いにさせることが、佐穂の狙いだった。

夫と妻。どっちがどっちの子を引き取るか。

この問題に関して、佐穂はこっそりと、おれに海斗を選ばせようとした、ということだ。

猫が欲しくてしょうがない陸也より、そんなものは要らないと言う海斗の方が、猫嫌いのおれにとっては引き取りやすい。

裏を返せば、佐穂はおれに陸也を選ばせるわけにはいかなかったわけだ。

それはなぜか――。

窓際で一人サッカーの練習をしていた陸也が、リフティングをし損ねたらしく、ボールがこっちへ転がってきた。

陸也もそれを追いかけて走ってくる。

同じタイミングで、ボールに気づいたクーがテーブルの下から飛び出す。高くジャンプし、上から覆いかぶさるようにじゃれつくことで、上手い具合にトラップしてみせた。

そんなクーに向かって陸也が身を屈め、ボールを奪い返そうとしている。

その隙に、おれはまた彼の横顔を凝視した。もっと正確に言えば、おれのとは明らかに形の異なる耳をじっと見つめた。

陸也は、本当におれの子なのだろうか。

別の男が彼の父親だとは考えられないか。例えば、佐穂の元彼だとは。

双子なのに父親が違う。ごく稀にある、そうしたケースが自分の身に起きたことを、佐穂は悟っていたのかもしれない。

だからおれには、陸也ではなく実子である海斗の方を選んでほしかった。

そのためにわざわざ猫を使うというのは、何ともまだるっこしいやり方に思える。

しかし両親の離婚に際し、どちらかの子はクーと別居しなければならないのだ。その子はきっと心を痛めてしまうだろう。ただし猫が嫌いになってしまえば、離別のつらさもだいぶ軽減されるはずだ。

そのように考慮したからこそ、彼女はクーを利用する方法を選んだのではないか。

――あなたにはこっちが似合うよ。

ありし日の佐穂の声を、耳元にはっきり聞いたような気がした。

猫からボールを奪還した陸也が、窓際でまたリフティングの練習をし始めている。

クーの方はまたテーブルの下へ戻ろうとしていたが、ダイエットスリッパをバッグにしまってから声をかけると、おやつの続きを期待してか、またおれの隣にやってきた。

いま考えたことは、全部おれの想像だ。

たしかにダイエットスリッパをクーは嫌ったが、それは蹴り飛ばされた記憶のせいではなく、スリッパに煤の悪臭がついていたためかもしれない。

ただ、いまの想像がただの当てずっぽうか、それとも的を射た推測なのか、一応のところを確かめる手は、ほかにもある。

もし、おれがいまここで自分の爪を噛んでみせたら？
そして、それを見たクーが、怖がって膝の上から逃げ出したとしたら？
そうなれば、想像は確信へと傾くだろう。
クーがじっとおれの方を見ている。
おれも子猫の目を見据えつつ、右手の親指を立てた。
そして、祈るような気持ちでその爪を口元へと持っていった。

名前がありすぎる

カツセマサヒコ

1

「名前、何にしようねえ」

　エリアマネージャーを自称した長髪の男が、前屈みになって言った。真っ赤なソファは男が動くたび、ブググ、と嫌な音を立てて軋む。その都度押し出される空気は、こちらに届くなり、軽い刺激臭を放った。

　たばこと香水が、交ざった匂い。いつか飼っていた、カブトムシの餌のゼリーを思い出した。店の内装も、男のスーツも、妙な光沢を放ち、下品な色をしている。思えばどれも、カナブンやコガネムシみたいだ。この店は、ガールズバーに擬した昆虫の棲家かもしれない。だとしたら、私も今から、新たな昆虫になろうとしているのだろうか。

　男は何か話すたび、両手を重ねて擦った。その仕草はハエのようにも思えたが、もっと似ている何かを、私は知っている。目を細めて笑った途端に、確信が持てた。ネズミ男だ。長い髪を後ろで結んだネズミ男が貧乏ゆすりを続けている。よく見ると、震えているのは脚だけでなく、不自然に長い指先もだった。男は、雑に書いた私の履歴書を眺めながら、ぶつぶつと呟いた。

「名前が大事なんだよねえ。名前。それだけで、売り上げ、違ったりするからさあ。これ、本名は、なんて読むんだっけ？」

そう指摘されて、ふりがなの記入が抜けていたことに気付いた。バイトの面接だからと適当に書いた履歴書は、就活のそれよりも明らかに字が汚い。これはこれで力が抜けていて良いかと思ったが、相手の反応を見る限り、あまり芳しくないようだった。

「あ、本名ですか？」と聞き返して、私は自分の大嫌いな名前を、ゆっくりと口にする。

「あー、本名がすでに、源氏名っぽいねえ！」

冗談か、褒めたつもりだろう。ネズミ男は、笑いながらそう言った。口を開けた途端、口臭はさっきよりも鋭くなった。

自分の名前が弄られるのは、いくつになっても慣れない。みんな、ジョークのつもりで人の名前にさまざまなことを言う。でもその名を背負って生きていくのは私だけで、自虐のネタとして使う分には便利だったが、誰かに馬鹿にされて生きるのは、決して喜ばしいものではなかった。

私が生まれる前。祖父が親しくしていた風水師を家に呼んで、母の腹を触らせた。芥子色の羽織がやけに胡散臭い老いた男だったらしい。もちろん私はその手の感触を覚えていない。でも、母からその話を聞かされるたび、私は知らない老人に急に抱きつかれるような、ハッキリとした嫌悪感を覚えた。

「二つ、ご用意しました」

皺だらけの風水師は、正座して見守る両親と祖父を前に、ざら紙を二枚取り出して、名前を書いた。「麗亜（れいあ）」と「有美（ゆみ）」。筆ペンで書いた字は、とても達筆とは言えなかったと、後から母は聞かせてくれた。

祖父はどちらにするかと父に委ねて、父がそのうち、一つを指差した。それで、私は清水麗亜となった。風水師の手で撫で回されて、愛情も理由もなくつけられた、源氏名みたいな私の名前。

「なんか、よく言われます、親が、水商売でもやってたんじゃないかって」

「でしょー！　この店でもさあ、いっそ本名でいいんじゃない？　なんつって」

ネズミ男は、前歯の隙間に風を通すように笑った。ススス、シシシ。小さな音なのに、鼓膜がその薄気味悪さを捉える。独特の刺激臭は変わらず、鼻腔に刺さったままだった。

源氏名、と言われると、いつも思うことがある。私の今の名前は、あくまでも仮のものでしかなくて、本当の私の名前は、別にきちんと用意されているのではないか、ということだ。仮の名前と本当の名前があるならば、仮の姿と本当の姿もありそうだ。となると、本当の私は、もっと生きやすかったり、力強くあったりするのではないか。今は仮の姿だから、ガールズバーでバイトをしようとしているのだ、きっと。

「あ、じゃあさ、あだ名とかないの？ 本名と全然違うニックネームとか、サークルで付けたりするじゃん。ああいうの。ない？」エリアマネージャーは、名案がひらめいた様子で言った。

「ああ、ニックネームですか？ そうですねー」

思い出すフリをしてみるが、自分にあだ名がついたことは一度たりともない。メンバー全員に新たなニックネームをつけるという、不思議な風習があるサークルは見聞きしたことがある。でも、自分とは縁遠い世界だった。そもそも「麗亜」という珍しい名前が、そのままあだ名として機能するほど、インパクトのあるものだったとも言えた。あだ名が付けられない青春時代だったことを告げると、ネズミ男は露骨にやる気がなさそうな顔をした。

「麗亜ちゃんさあ、うち、結構、体育会系のノリでね。そういうサークル出身の子が多いのよ。いや、見りゃあわかるだろって感じだけどね。だからお酒とかもさ、お客さんが結構飲ませてくる方なのよ。どう？ そこらへん大丈夫そう？ もし苦手だったら、他のお店の方がいいかなーって思うんだけど」

スススス。シシシシ。ヤニで汚れた歯から漏れる笑い声が、いやらしい。上場企業の採用面接には二桁を超える勢いで落ちても、ガールズバーのバイト面接ならあっさり採用されると思っていた。ガールズバーですら、働くことに難色を示される私。

元々働いていた焼き鳥屋は、一度目の緊急事態宣言が出た途端にあっさりとクビになった。その翌月に店の前を通ったときには、すでにシャッターに張り紙が出されていたから、本当にギリギリの経営をしていたのだろう。

そこから今日まで、全くアルバイトをしていない。しばらくは就活に専念しようと思ったが、半年たち、気温も下がる頃には、生活が苦しくなってきていた。

とはいえ、働くにも、日中のうちは企業面接や説明会ラッシュだ。リモートで実施されるものが多いぶん、基本的には、家にいないといけなかった。夜間に働ける居酒屋バイトなどを探してみたが、どこも政府方針にしっかり従って、二十時には閉まる店ばかりだ。これでは全く生活費が稼げないと、慌てて友人に相談したところで教えてもらったのが、ガールズバーだった。

「水商売じゃん。絶対イヤなんだけど」

「まあそうなんだけど、でも、ガールズバーって、お客さんとカウンター越しで話すことが多いから安全だし、あとね、話が盛り上がると、おじさんが名刺くれたりして、それが意外にも、人事部の人だったりするんだよ」

そんなうまい話はそうないだろうと返したが、そのエピソードが友人の体験談であることがわかると、一気に信憑性が出てきた。人事部とのコネクションができる可能性は低くても、初対面の年上男性と話す機会が増えるのは、面接対策にもなりそうだ。

そんな理由で、ガールズバーで働く道を選んだ。このご時世に二十四時を過ぎても働ける店があること自体が、有難かった。自粛だなんだと言われるが、生活がままならなくなったら、元も子もない。生きるためには、働くしかないのだ。帰りの電車がなくても最悪歩いて帰れる隣町にある店を見つけて、面接の申し込みをした。そして今、なぜか私は、昆虫の棲家にいる。

「じゃあ、お酒も飲めるってことね。オッケー。あとは、笑顔ね、笑顔。麗亜ちゃんね、たまに賢そうな顔するけど、お客さんの前では、ちょっとバカっぽく、ニコニコしてた方がいいよ。デキる女！　みたいな雰囲気出されると、男の人たち、みんな怖がっちゃうからさ。あとは、やっぱり名前かー。いやー、どうしようかね。うーん。じゃあさ、キミ、耳がちょっと尖ってるし、ミミちゃんってどう？　ミミちゃん。ほら、ミミですって、言ってごらん。シシシシ。いいじゃんいいじゃん。それでいこ」

清潔感という言葉からは程遠い風貌の男が、ミミちゃん、ミミちゃんと連呼してくる。私はこれと似たような光景を、どこかで見たことがあった。

小学校を卒業する間際のことだった。会社帰りの父が、なんの予告もなく、灰色の猫を連れて帰ってきた。父は「ペットショップに売っていて、可愛かったから」と言ったけれど、一眼見ればすぐにそれが嘘だとわかった。猫の体はひどく汚れていたし、すでに成猫だった。

あの父のことだ。きっと道で拾ってきたのだろう。それでも指摘をしなかったのは、これまでろくにプレゼントもくれなかった父が、初めて「小学校を頑張ったご褒美だ」と言って、誕生日でもないのに贈り物をくれたからだった。

猫を入れた段ボールを見つめながら、父と母と私で囲むようにして、名前を決めた。水色の大きな瞳が湖のようだったから、レイク。灰色の体がネズミのようだったから、マウス。父が好きだったおやつをそのままつけて、おかき。

いろんな名前が出て、私は一つずつノートに書き並べていった。できるだけ珍しい名前がいいよね、なんて言っていたのに、結局は、ピンと尖った耳が可愛いから、という理由で、ミミになった。父はその時、本当に嬉しそうに「ミミ、ミミ」と連呼したのだった。私には、そんなふうに名前を呼んでもらえた記憶がなかった。もしかしたらこの猫は、私への贈り物ではなく、父が飼いたかっただけなのかもしれない。そう思うと、私は汚れた猫にすら、微かな嫉妬心が湧いたのだった。命名されたばかりの猫は、まるで最初から自分の名前がミミであったかのように、前脚で自分の耳を数回擦ってから小さく鳴いてみせた。

翌日、教室に着くなり、猫を飼ったことをみんなに自慢した。すると、同じ名前の猫を飼っている子が、クラスに二人もいることがわかった。私は帰宅するなり、ミミという名前から改名したいと両親に言った。父は断固として許さず、名前をなんだと思っているんだと、読んでいた新聞を私に投げつけた。自分の子供の名前は、風水師につけさせたくせに、猫の名前には、やけにこだわる人だった。

今日まで思い出せなかったということは、それほど印象には残らない記憶だったのか。それとも、記憶から消したいほどの過去だったのか。もうどうでもよかったし、自分でもよくわからなかった。

あの猫の名前を決めるとき、父は、ネズミ男と同じように、名前、名前、と何度も呟いていた。なくしたメガネを探しているような、モノに呼びかける言い方だった。

しかし、ミミはミミではないことが、それからわかってくる。

「ミミはね、斜向(はす)かいの西澤さんちでは、タマなのよ」

父がミミを連れてきてから、一年が経った日のことだ。縁側で気持ちよさそうに日向ぼっこをしているミミを見ながら、母が言った。中学の制服姿のまま、リビングでおかきを頬ばっていた私は、母の言っていることを理解するのに、時間がかかった。

ミミは、ミミと命名されたのだから、ミミではないのか。他の家では別の名前、なんてことがあり得るのだろうか。

「ミミは、外によく出かけるでしょう？　うちで寝てることが多いけど、でも、外にも自由に行くじゃない」

「ああ。あれも、疑問だけどね。猫って普通、家のなかで飼うんじゃないの？　犬は人に付いて、猫は家に付くって言うじゃん」

「まあ、帰ってきてくれるんだから、どこにいてもいいんじゃない？　それでね、この前、西澤さんの奥さんと話してたんだけど、最近、西澤さんも外猫を飼い始めたって言うの。外猫っていいよねー、みたいな話をしてたら、ちょうどミミが、路地裏から出てきたのね。そしたら、西澤さんが『あ。タマ！』って言ったの。本当にびっくりして、笑っちゃった」

　楽しそうに話す母の思考が、理解できなかった。ミミは、うちで飼った猫じゃないか。他人が勝手に名前を付けて、そっちではその名前で生きているなんて、どう考えても変だ。私は母に、西澤さんちでもミミと呼んでもらうように主張すべきだと伝えた。

「えー、いいじゃん。お互いに不自由なく過ごしているんだし。うちではミミ、向こうではタマ。それぞれであの子の役割を果たしているなら、問題ないと思うけど」

　それからしばらくして、ミミは、裏の家の内田さんちでは、メグと呼ばれていることが発覚した。

　ミミは、タマであり、メグだった。名前がありすぎる猫は、それぞれの家でご飯を貰い、それぞれの家で飼い主に付き、ずいぶんとしたたかに暮らして、生きて、死んだ。拾ってきた時点でそれなりに年も重ねていたのだろう。腎臓の病気が原因とのことだった。大学入学にあわせて上京していた私は、ミミの最期を看取れなかったが、まんまると太ったままこの世を去った猫は、地域でも話題の存在となっていたらしかった。

飼い猫が複数の名前を持つことにあれだけ反対していたのに、ミミが死んだと聞かされた日から、私は、妙なクセを身に付けることになった。

美容室で登録した名前は「秋山莉保」。行きつけの飲み屋での予約名は「戸川あかね」。一年近く行けていないカラオケ店の会員名は「橋本美佐」。いずれも私であるのに、清水麗亜ではない。それぞれの場所で、それぞれの生き方を演じて、その場限りの人間になりきる。それが、ミミの死を聞いた途端に身に付けた、誰にも打ち明けない私の処世術だった。

きっかけは、ゼミのカンファレンス前に気合いを入れようと訪れた美容室だった。シャンプーをされながら「今日はお仕事、お休みですか」と聞かれたとき、なぜか私は、学生であることを伝えるのが億劫になって「はい」と答えた。

当然のように、今度は社会人を演じなければならなくなった。これは面倒な嘘をついたと思ったが、美容師が私に質問し、それに回答していくうちに、自然と自分が、ほかの誰かに移り変わっていくのを感じた。勤め先は駅前のネイルサロンであること。恋人はそこの店長であるが、スタッフには隠していること。自分の爪にネイルをしていないのは、お客さんを立たせるためであること。スラスラと設定が浮かび、虚像を作り上げていく。嘘で塗り固めていくうちに、架空の人格が、ハッキリと輪郭を持ち始めたのを感じた。

その美容室は一回きりでやめてしまったが、その後も、行く先々で別の人格を形成することが、癖になった。今の美容室に月一回通う「秋山莉保」は、卒業後に海外で働くことが決まっている女子大生で、激安居酒屋をわざわざ予約する「戸川あかね」は、バンドマンと付き合っているフリーター。ファッション誌の編集部で働く「橋本美佐」は、外資系の銀行員と最近婚約した。

本当の自分を明かさない代わりに、偽物の人生を生きる。すると、「清水麗亜」にはできなかったこと、言えなかったことが、軽々とこなせるようになった。胡散臭い風水師が付けた自分の名前に、愛着が持てなかったことへの代償なのか。飼っていた猫の自由気ままな生き方に、憧れた結果なのか。自分の奇行の理由がわからないまま、私は咄嗟に他人の名前をでっち上げることで、東京という街に適応しようとしていた。

そして、ネズミ男のようなエリアマネージャーとのいくつかのやり取りの末、私の演じる役のリストに、新たに「ミミ」の名前が加わった。一月も最終週を迎え、年始ムードからゆるゆると抜け出しつつある頃だった。

2

「清水さんね、貴方のやりたいことが、いまいちよくわからないんですよ」

露骨に不満げな顔だった。画面の向こう側。くたびれた面接官は眉間に皺を寄せて、私に言った。後退している生え際が、皺によってより際立っている。眼鏡のレンズが指紋だらけなことは、画面越しでも伝わってきた。

かれこれ何分、この男性とやりとりを続けているだろうか。通常の面接なら二十分程度で終わることが多いのに、今日はやけに長く感じた。ＰＣの画面の端を覗くと普段の倍近くの時間が経っていて、目を疑った。それでもまだ、採用面接は、終わりを迎える気配を見せない。外には氷の張った池のようにピンと張り詰めた空気があって、窓を閉めても隙間から、それが滲んでくるようだった。

「もう三次面接ですからね、ここまで突破してきた、優秀な学生さんであることはわかっているんです。あとはもう、うちの会社で何を成し遂げたいのか、どんな社会人になりたいのか、そこだけなんですよね。どうですか？　何か将来のビジョンみたいなものは、見えていますか？」

幼少期の過酷な原体験、学生時代に成し遂げた偉業、壮大なスケールの将来の夢。他人の人生なら、それこそ、秋山莉保や橋本美佐なら、いくらでもストーリーが描けるのに。「清水麗亜」の名前を出されると、途端に夢も希望もない、地味で面白味のない人間が露呈する。自分が何をしたいとか、何になりたいとか、全くイメージが湧かない。就職したことが一度もない学生に、入社後の自分をイメージさせるなんて行為が、そもそも無理強いに感じる。私はどうにか頭を回転させて、清水麗亜を動かした。

「私はこれまで、どんな環境にも適応してきました。十八歳で上京したときも、初めて降り立った東京という街に戸惑ったものの、自分から積極的に行動して、友人たちとの交友関係を築いていきました。個人的な話ですが、お酒を飲むのが好きです。常連客になった店がいくつかあります。店員さんに顔と名前を覚えてもらう行為は、得意先に気に入ってもらうための行為と似ているところがあると、私は思っています。社会に出た経験はないので、どのような形で貢献できるか、具体的にはわかりません。でも、自分のそうした人懐っこさや、どこでも馴染んでいける性格は、きっと武器になると思っています」

少し、うまく喋れた気がする。清水麗亜の強みというか、アピールできることは、そのくらいしかない。自信を持って、最後は少し笑顔を見せてみた。しかし、面接官の表情が変わることはない。

「いや、それはね、貴方がこれまでやってきたことじゃないですか。学生時代に頑張った話と、似ていますし。私が聞きたいのはね、それを使って、どのような社会人になっていきたいか？ってことですよ、清水さん。今年のうちの会社の、採用スローガンはわかっていますか？」

「はい。『未来に革命を起こす』です」

「そうです。未来に革命を起こせるのは、未来にやりたいことがある人だけなんですよ。主体性がない人間には、未来を動かせません。清水さんには、そういう未来がありますかって、私は聞いているんです。わかりますか？」

「はい。未来ですよね。はい」

ないわ。そんなん。あったらこんな、よくわからない会社の面接なんか、受けないわ。

「私は、御社の製品が世界中に広がる未来を望んでいます」

嘘。

「それは、その方が、世界が、幸せになると思うからです」

これも、嘘。

「私は、いち消費者として、生活者として、御社の製品が好きです」

もちろん、嘘。

「購入してから、人生が少し、とても、優雅になったと言いますか、楽しくなったんです」

またしても、嘘。

「だから、就職したら、この喜びを広めて、より多くの人の手に、御社の製品を手に取ってもらえるようになりたいです」

どこまでも、嘘。

「世界中に広まれば、みんなが幸せになれると思うので、そのためなら、なんでもやろうと思って、今日の面接に挑もうと思い、それで、今、こうして話しています」

面接官は、一度もカメラに目を合わせることなく、私の話を聞き終えた。何か、メモを取っているようだったが、その腕の動きは、私の話していることを記しているようには思えなかった。

苦しい。さすがに四十分近く話していると、事前に用意していた回答は底を突き、同じような発言を繰り返してしまう。気を抜くと背筋が曲がってきそうだった。早く終わらないかと、画面の右端ばかり、気になってくる。「笑顔！」と書かれたピンクのちいさな付箋(ふせん)が、粘着力をなくして、モニターからぽとりと落ちた。

「以上ですか？」

たっぷりと間を置いてから、面接官は言った。今更、ほかに付け足したいことも、言い直したいことも浮かばなかった。

「はい、以上です」

戸川あかねだったら、もっとうまく、いろんなことを話せただろうと思った。戸川あかねは、人の心の敷居を下げるのが上手だ。きっと、この面接官に媚を売るようなことをたくさん言って、気分良く面接を終えることができただろう。でも、私は、清水麗亜だ。やりたいこともなければ、できることもない。これ以上のことは、何も話せなかった。

「では、面接は以上になります。合否については、またメールで一週間以内にお送りします。お疲れ様でした」

「はい、ありがとうございました！」

面接官を映した画面は、音もなく消えた。見慣れたデスクトップ画面だけが残されたのを確認してから、私は全身の筋肉を弛緩させた。

「ぶわあー！」

腹の底から声を上げ、椅子からズルズルと床まで滑り落ちた。四十五分という、異常に長い戦いだった。緊張し尽くした心身が、一息でほぐれて軟体動物のようにグニャグニャになる。フローリングに膝をついたまま、しばらく動けなかった。

たいして入りたくもない会社の面接に、ここまで精神を削っている。なんとも滑稽な話だ。１Kの自分の部屋で、わざわざジャケットを羽織っているのも、バカバカしかった。どうせ画面から見えないからと、下半身はスウェットでいるから、尚更コントみたいだ。

コント。コントだったら、きっとラクなのになあ。バカ真面目にこんなことをやっているから、頭がおかしくなったように感じる。

椅子の背もたれに手をかけてどうにか立ち上がると、ジャケットとカットソーをハンガーに掛け、ブラジャーまで外してから、上半身もスウェットに着替え直した。今日はもう、誰とも話したくないし、どこにも出掛けたくない。しかし、十九時前には、今度は「ミミ」になる支度をしなければならないのだ。なんてハードな日だろう。私は面接で体内に溜まったあらゆる膿を吐き出すために、「ぶわあー」ともう一度声をあげて、ベッドに倒れ込んだ。

ガールズバー「オアシス」は、各駅停車しか止まらない隣駅のすぐ裏の雑居ビルに入っている。築四十年は経っているであろう古いビルの三階に位置しており、一階は薬局で、あとは大体、業態のよくわからない店が入っていた。面接に来たときは、自分がいよいよ社会の闇にでも触れた気分になったが、いざ働いてみると居酒屋バイトとそんなに変わりなく、もうすっかりこのビルの怪しさに慣れてきていた。

お客さんはビル正面の階段を使って入店するが、スタッフは裏手のボロい螺旋階段を使うように指示されている。この螺旋階段には、うちの店や他のテナントの出すゴミや、休憩グッズなどがいつも散乱していて、ちょっとしたアスレチックのように、上り下りに苦労する。死んだように寝ている人がいることもあれば、踊り場で大泣きしている女の子がいたこともあった。真冬のこの時期だからか、今日はベンチコートがやけに目に入る。私はできるだけそれらに触れないようにしながら、「オアシス」の入り口を目指した。

重たい裏口扉を開けて、今日もほぼすっぴんで到着する。私服から着替えて化粧をしようとロッカールームに入ったら、自分のロッカー前に、見たことのない衣装がぶら下がっていた。

ピーターパンに出てくる、ティンカーベルのイメージだろうか。緑色だが、布の面積が妙に少ない。ビキニのように上下が分れているわけではないが、ワンピースにしては、お腹周りの生地がほとんどなかった。丈の短いスカートも腰のあたりに縫い付けられているが、お尻を隠す気がさらさらない短さだ。二月に着る服とは思えない格好だった。着用後の姿をイメージすると、妖精というよりはバッタみたくなりそうだと思った。そういえば、飼っていた猫は、バッタを捕まえてくるのがうまかったなと、どうでもいいことを思い出した。

じっと衣装を見つめていると、「あ、ミミちゃんおはよー」と、背後から声をかけられた。振り向くと、同僚のユキがいた。ユキはすでに今回のコスチュームに着替えていたが、胸のあたりが明らかに窮屈そうで、露骨にサイズが合っていなさそうだった。

「うちの店、服のセンスやばくない？　これで喜ぶお客さんいたら、頭おかしいでしょ」

ユキは笑いながら言った。すらっと伸びた手足と小さな顔、大きな胸と、ユキはこの店の中でも群を抜いてスタイルがいい。そのユキでさえ、やや滑稽に見える格好だった。私が着たら、バッタどころか、小学校の学芸会で演じた草くらいになってしまうかもしれない。

「ユキちゃんスタイルいいから、いいなあ」と悪びれもせず私が言うと、「もうちょっと似合う服着てる時に言うべきじゃない？」とユキは笑いながら返した。

3

開店時間の二十時が近づく。フロアに出てみると、黒いスーツを着たボーイと、ユキを含めた女性キャストたちが、楽しそうに談笑していた。私はユキと、もう一人の同僚であるヒトミを遠目で見つめて、衣装の着方が間違っていないか確認した。四肢がほぼ露わになっていることに違和感しかなかったが、どうやらこれで正解らしい。水着のようなコスチュームに合わせて、店内のエアコン温度は、かなり高めに設定してあるようだった。

「お！　ミミちゃんおはよ！　今日こそ指名あるといいねー！」

キンキンと耳に障る声がして、振り返る。ワインの発注リストを手に持った店長が、肥えた体を器用に動かして、狭いバーカウンターの中を蟹のように進んでいた。声のトーンとテンションは振り切れたように高く、無理に作った明るさは、家電量販店のフロアを照らす蛍光灯のようだった。

「もうすぐ入店一カ月だし、そろそろお客さん、ついてくると思うんだけどな！　サポートするから、頑張ろうねー！」

親身になってくれているようでいて、実際は店の売り上げに貢献できない新人を責める意味が潜んでいることを知っている。店長がバックヤードに一人でいる時、売り上げ報告書を作成しながら「死ね」と何度も言っている姿を見かけた。その様相は、まさに誰かを呪い殺す瀬戸際のようだった。

カウンターに椅子が八つ。それと、面接の時に座った赤いソファ席が一つ。狭いフロアにギリギリまで詰め込んだ客席は、確実に密な環境と言えた。裏口の扉を開けたくらいでは、換気も大して効果がないだろう。そもそも、緊急事態宣言中でも深夜まで営業している店ばかり入ったビルなので、建物一棟がまるまる不謹慎ではあった。ただ、このビルのほかに営業している飲食店は少ないので、繁盛はする。体験入店を含めて出勤回数は十を超えたが、満席にならなかった日は、二日ほどしかなかった。

オープン時刻の二十時を過ぎた。私は透明なフェイスガードを装着すると、改めて「ミミ」を意識する。店長の指示に従うわけではないが、そろそろいい加減、指名を取りたい。別に売り上げトップを目指したいほど熱意があるわけではないけれど、いい加減店に迷惑をかけないくらいには貢献しないと、自分の居心地は、ずっと悪いままだ。

今日は女性キャストが三名いる。ユキと、ヒトミと、私。ユキはやっぱり成績が一番良くて、ヒトミも、全部で二十名弱いるキャストのうち、ベストファイブには入っている逸材だった。二人とも大学生だと言ったが、学年は忘れてしまった。就活は、していなそうだった。ヒトミについては、ほぼ毎日のようにシフトが入っているから、大学の授業はほとんど受けていないのかもしれない。

二十時半を過ぎた頃には、ユキとヒトミは指名で呼ばれた客についていて、私はフリーで入った客の相手をしていた。私についた冴えない茶髪の男は、初めてこの店に来たと言った。どうにか自分の常連にできないかと考えてみたが、「一杯飲んだら帰るから」と言われて、本当に一杯を飲んだら早々に帰ってしまった。手持ち無沙汰になった私は、中途半端な笑顔を作ったまま、そこに立っているしかなかった。

隣でユキが、常連客からシャンパンを注いでもらっていた。彼女は本当に、客に奢らせるのがうまい。どんな相手であってもドリンクをオーダーさせるユキを見ていたら、実家で飼っていたミミのことを、また思い出した。ミミはボーッとしているように見えたが、実はああやってしたたかに、賢く愛嬌を振りまいて生きていたのだろうか。

グラスを洗うフリをしながら、私はユキやヒトミの言動をさらに観察する。前提として、私より圧倒的に顔がいい。接客業なのだから、そこで差がつくのは仕方のないことだ。でも、それだけではない。客の話に対して、二人は笑うタイミングがやけにうまい。リアクションも、大袈裟ではないのに、相手をノらせる何かがある。自分もああやって少しは工夫しているのだろうが、きっと二人は、それがより自然で、演技と感じさせない技量があるのだ。センスがいいのもあるけれど、きっと彼女らも、彼女らなりの経験を積んで、会得した技術があるのだ。

客が入ってきた。四十代中盤くらいだろうか。頭髪は薄く、少し疲れた顔をしていた。スーツも、持ち主に似るのだろうか。露骨にくたびれていて、手に持っているコートさえも、萎んで色褪せた花のように見えた。

酔っている印象はない。仕事帰りなのだろう。ユキとヒトミは、まだ接客中だった。残っているのは私だけなので、スーツの男性は自然と、私の前に通された。

今度こそ、チャンスだ。ここで自分の指名客を作るのだと、私は背筋を伸ばし、お腹に力を入れた。

「こんばんは」

元気すぎず、でも、ハキハキと。テンションが高すぎると相手も疲れるから、程よく、やさしく。体験入店のときに言われたことを、頭の中で復唱する。大丈夫だ。どれだけ気持ち悪い相手だったとしても、会話を楽しめばいい。ドリンクメニューを見ていた男性が、顔を上げた。タイミングを見て、私も目を合わせる。

そこで、眼球を通して見えた映像が、突然脳内の記憶と素早く結びついた。あれは、自分の部屋ではないか。ノートPCの向こう側。どうしてだろうか、私はこの人に見覚えがある。誰だったたっけ。

わかった瞬間、鋭い耳鳴りがして、動けなくなった。

この人、昼間に面接を受けた企業の、面接官じゃん。

脊髄反射のようだった。脳が判断するより早く、体が身を隠せと告げていた。気付けば私は、カウンターの陰に、しゃがみ込んでいた。店の照明は足元まで届かなくて、しゃがむと深海まで沈んだような暗闇が、すぐに私を包んだ。そこで、ようやく、思考が戻った。面接官は、私が入社希望の学生だと気付いただろうか？　髪型や服装が違っても、顔がまるまる変わったわけじゃない。目があった瞬間に気付かれた可能性もある。だとしたら、今更隠れても遅いし、むしろ挨拶もせずに逃げたなんて、圧倒的に不利じゃないか。だとしたら、どうする。心音がうるさくて、思考に集中できない。うるさい。うるさい。うるさい。

「ミミちゃん、どうしたー？」

声をかけられて、我に返る。見上げると、すぐ目の前に店長がいた。店長はスーツの男性に一声かけてからしゃがむと、さらに私に、顔を近づけた。

ああ、助かった。これで、きっと大丈夫だ。私はできるだけ声を潜めて、店長に言った。

「ごめんなさい私、この人は本当にダメで、あの、今回だけなので、他のお客さんに替えてもらえないですか？　他の人なら、誰でも大丈夫なので。すみません、本当にお願いします」

店長はじっと目を見開いて、私を見ていた。その眼差しは、ギラギラと光っていて、とても優しさなどは感じられなかった。その目を見て、私はようやく悟った。

この人は、私を守りに来たのではない。

「キミさあ」

私の耳にだけ聞こえるような小さな声だった。トーンは変わらず高いが、この上なく鋭い。店長の唇は少し震えていて、その隙間から、あらゆる怒りが漏れていた。

「客選んでる立場にないの、わかってるよね？　稼げないんだったら、もういる意味ないんだからさ、死んでよホント。邪魔するなら死んで。ねえ？　死んでよ、お願いだから」

まるで呪文のようだった。目も鼻も口も、自分の意思で好きに閉じられるのに、どうして耳だけは、そうできないのだろう。私は顔を覆うように、両手を上げた。手首が温かく濡れて、涙が落ちたことに気付いた。その温かさに驚いた。自分の体温が下がっているからだろうか。その温かさが、救いにすら思えた。

店長はゴミでも拾った後のように立ち上がると、笑顔に戻って男性に言った。

「お客様、ちょっと失礼しますね！　すぐ戻りますので！　はい！　あ、ドリンクお決まりですか？　ジムビームハイボールで！　はーいすぐお持ちしますねー。ヒトミちゃんごめーん、こちらのお客様に、ジムビームハイボール一つお願いしていいー？　あ、はい、すみません、ちょーっと失礼しますね！」

店長は私の両腕を摑んで、強引に立ち上がらせる。そのまま、ロッカールームまで引きずるようにして、私を運んだ。

パイプ椅子に座らされると、店長は目の前にしゃがみこんで、またさっきの目で、私を睨んだ。オープン前の店長とは、もう別人だった。

「ねえ本当なに考えてんの？　ウチに何か恨みでもあった？　ねえ？　俺の店潰したいならそう言えばいいよ。ねえ。早く言えって。なあ！　言えっつってんだよオイ！」

ビールケースが二つ、激しく蹴られて、大きな音を立てた。心臓が跳ね回り、声帯は震わせかたを忘れた。私は、首を横に振り続けるしかなかった。その間も、鼻水は絶え間なく流れてきた。

肩で息をしながら、店長は続けた。タバコに火をつける音がする。

「なんでキミみたいなのが採用されたかなあ？　何がしたいんだよ、本当に。客から逃げるって、カスだよ？　カス」

怒りというよりは、呆れと諦めが感じられる声だった。止めどなく流れる涙と鼻水だけが温かく、体は、指先まで熱を失っているようだった。

――何がしたいか。

昼間にも聞かれた質問を、また思い出した。今はもう、何もしたくない。誰になっていいのかも、わからない。帰って、誰にも迷惑をかけずに寝ていたい。

「すみませんでした」ギリギリ聞き取れるだろうか。どうにか声を絞り出して言った。

「すみませんじゃねーんだよ！　なんでお前は、客から逃げてんだって聞いてんの！」

もう一度ビールケースが蹴られた。涙腺が反応してしまうのか、突然大きな声を出されると、また勝手に涙が溢れた。

「あの、今日、就活の、採用面接があって」

慌てて弁明を試みるが、喋るたび、鼻がグジュグジュと音を立てて、それがとにかく恥ずかしい。

「はい。その、面接官が、あのお客さん、だったんです」

お腹に力を入れて、そこまで話した。店長は、心底つまらなそうな顔をした。私の話がどういう意味を表しているのか、頭で考えているようだった。

少し間を置いてから、店長は、低く鼻で笑った。

「それで？　キミ、ガールズバーで働いてんのを隠してるから、逃げたの？」

ゆっくりと頷くと、店長は、バッカじゃねえの。と私に言った。バカみたいだな、と私も思った。その瞬間だけ、他人事のように冷静になれたのが、なんだかおかしかった。

「すみません」と、再度謝った。何に謝っているのかは、よくわからなかった。「俺に謝ってんじゃねえよ」と、店長もすぐに返した。唾を吐くような言い方だった。

「じゃあ、はい、チャンス。キミ、ちゃんと接客して来なさいよ」

「え？」

言われた言葉の意味が理解できず、店長の顔を見た。散々泣いて、化粧まで崩れて、それでもなお、接客しろと言うのだろうか。店長の顔は、近くで見ると小鼻がひどく汚れていて、それなのにテカテカと光っていて、気持ち悪かった。

「わかるでしょ？　おっさん捕まえて、ゆすってよ。そしたらおっさんも、採用するしかなくなるでしょ？　そのくらいわかるでしょ？」

ゆすする。採用するしか、なくなる。

そこまで言われて、ふと、大学の友人の言葉を思い出した。

――おじさんが名刺くれたりして、それが意外にも、人事部の人だったりするんだよ。

確かに、あの言葉のとおり、人事部の人が、ガールズバーに来たのだった。しかしこの状況は、チャンスと言えるのだろうか？

頭の中は、ボーッとしているようでいて、妙に冷静で、凪のように静かだった。壊れかけている換気扇の音と、店長が嚙むガムの音だけが、やけに大きく聞こえた。

私は、立ち上がる前に、一度ティッシュで、鼻を大きくかんだ。

「もう一度、頑張ってきても、いいですか」

ビールケースを元の位置に戻しながら、店長は「あたりめーだろ。しっかり金落とさせろ」と言った。

ロッカーの扉を開けると、急いで化粧を直す。目はかなり赤いし、鼻が膨らんでいた。どう見たって接客できる顔じゃなかった。私はあの面接官の視力が悪いことを願いながら、家から持ってきたミネラルウォーターを口に含んで、もう一度、フロアに向かった。

4

「お待たせしました、すみません」

面接官の前に立つと、頭を軽く下げた。スーツの男はすでにハイボールをほとんど飲み干していて、落花生の殻を細かく砕いて、皿の上に散らかしていた。

「ああ、いいよいいよ、気にしないで。大丈夫だった？」

「はい、もう、すっかり」

「うんうん、よかった。君、新人さんだよね？」

「あ、はい！　ミミって言います。よろしくお願いします」

私は胸元のネームプレートを屈んで見せた。

可愛いじゃない。頑張ってね、と、男は言った。妙に目尻が下がっていて、だらしない顔だった。私が昼間に面接した学生だとは、気付いていないのだろうか。ガールズバーのキャストは一目で新人かどうかわかるのに、自分の会社の採用試験を受ける学生の顔は覚えていないのだろうか。

「ミミちゃんさ、このご時世にガールズバーは、大変だよねえ。しかも、いきなりエッチなコスチュームで勤務でしょ？　びっくりしちゃったよねえ」

面接官だった男の視線が、胸元に向いていることに気付いた。

「ほら、その、おっぱいとか、すっごくエッチな感じだもんね。どうかな、そういうの着ると、ミミちゃんも、エッチな気分になっちゃうのかな？」

あははと誤魔化してから、ドリンクを促してみる。メニューを差し出そうとしたら、パウチされた部分がベタベタしていて、気持ち悪かった。男は、私の話を無視して言った。

「あ、おしりのほうは、どうなってるのかな？　ちょっと後ろ向いて、おじさんに見せてくれる？　せっかくエッチな衣装だからさ、見てもらわなきゃ勿体ないでしょ。気になっちゃうから。おしりがね」

店内の照明が、さらに暗くなったように感じた。それなのに、男の顔だけはグロテスクなくらい、はっきりと見えた。口元の動きは、面接の時とはまるで違っていて、芋虫が二匹、唇に擬態しているように、グニグニと動いた。

こんな男が、採用の窓口に立っていたのかと思うと、ゾッとした。私は、体の内側からドロドロとしたエネルギーが、無限に湧いて出てくるのを感じた。

「SS商事の、山本さんですよね」

若い女が尻を向けてくれるのを待っていた男は、虚を突かれた顔をした。グラスを持っていた手が、カウンターからずるりと離れた。

「私、R大学の、清水麗亜です。覚えていますか？　先ほどは、四十五分にも及ぶ面接を、ありがとうございました」

面接のときと同じテンションで、私は告げた。山本は、何かに気付いたようで、芋虫のような口を、微かに震わせた。

「『未来に革命を起こす』、でしたよね。御社の採用スローガンですが、いかがでしょう？　お昼頃の面接と比べると、見事な革命が起きているかと思いますが、こちらをお望みでしたでしょうか？　今のお気持ち、お聞かせ願えますか？」

あと、ドリンク、何か頼まれます？　と、サービスもしてみる。店長や他のキャストは、ユキの常連客との談笑に夢中で、こちらのやりとりに気付いていない。

男は、咳払いを一つしてから、小さくため息をついた。

「そうか。君は、あのときの、学生さんだったか」

急に落ち着きを取り戻したように言った。すでにおっぱいやおしりで脳味噌がパンパンになっているセクハラ親父だということはバレているのに、見苦しいと思った。

「その節は大変お世話になりました。いかがしましょうか。おしり、見ていきますか？」

「やめなさい、そんな言い方は」

声だけが鋭かった。視線はこちらを向いておらず、私の後ろに並ぶリキュールボトルに話しかけているようだった。よく見ると、男の服は、ワイシャツまで皺だらけで、不潔そうだった。

「私も山本さんも、緊急事態宣言中にこんな不謹慎な場所で出くわしてしまったんですから、同罪みたいなものですよ。あ。でも、仮にも大企業と呼ばれる会社の人事が、緊急事態宣言中のリモート面接後に、ガールズバーでセクハラ発言なんてかましていたら、世間は黙っていないもんなんですかね？」

私はカウンターの下に忍ばせていたスマートフォンを、男の目の前に置いた。レコーダーのアプリが開かれている。山本は、薄暗い店内でもわかるほど顔を赤くして、震わせた。

「こんなことをして、楽しいか？　何がしたいんだ君は？」

怒りに満ちた声だったが、迫力はなかった。隣にいるヒトミたちが、テキーラのショットの乾杯で盛り上がっている。ユキの白くて長い脚が、暗闇でも光って見えた。

「山本さんは、面接に来た学生を、ネチネチと圧迫気味に責めたり、ガールズバーの店員にセクハラしたりすることが、楽しいんですよね？　だとしたら、私もこうやって、クソみたいな大人を貶(おとし)めていくのが、楽しくてしょうがないかもしれません」

この口調は、ミミのものなのだろうか？　それとも、秋山莉保か？　戸川あかねか？　橋本美佐か？　これこそが、清水麗亜なのか？　こんな自分がどこにいたのだろうかと私は困惑した。その一方で、痛快だった。山本は、いよいよ声を荒げた。

「いい加減にしなさい！　何か要求したいことがあるなら、さっさと言えばいい。内定が欲しいなら、用意してやる。だからこれ以上、怒らせるんじゃない！」

店長が顔を青くして、こちらを見ているのがわかった。隣にいるユキたちも、こちらの様子がおかしいことに気付いて、談笑をやめた。静かになった店内で、ＢＧＭだけが陽気に鳴っていた。

「もういいです。最初は内定の一つでも確約してもらおうと思ったんですけど、今のでもう、吐き気がするほど疲れたから、大丈夫です」

私は、ステンレスでできたタンブラーいっぱいにバカルディを注いで、その中に、自分のスマートフォンを突っ込んだ。

「私、あなたみたいなクソ男がいる企業になんか、絶対に入りたくないです。あ、これは、あなただけの問題じゃないですよ。あなたのような変態男が、学生との貴重な接点である人事部のポジションについている、その事実がもうしんどいんです。できるなら、御社とは二度と接点を持たずに生きたいです。で、私はたぶん、この店を辞めることになりますし、山本さんは変わらず、この場末のガールズバーで、セクハラ親父として楽しく過ごせば良いんじゃないでしょうか。もう、本当に最悪ですし、今日はなかったことにしたいです。私たちは、出会わなかったことにさせてください」

男は、タンブラーに入ったスマートフォンと私を交互に見つめて、先ほどまで雄弁に喋っていた口を、パクパクと池の鯉（こい）のように動かした。店長は、止めにくる気配がない。ヒトミたちも、その一連の動きを見て、静かにしていた。やはり店内のBGMだけが、しつこいくらいに明るかった。

「本当に、全員終わってる」

私はアルコールで満ちたタンブラーを手に持つと、山本の顔に向けて、全力で投げつけた。禿げかかった額に当たると、ガシャリ、と音がして、男はハイチェアから大袈裟に転げ落ちる。その衝撃で、古い雑居ビルが少しだけ揺れた。私のスマートフォンは、店の壁にぶつかるまで、フロアを滑っていった。

ラム酒にまみれたスーツ姿の男が、ガールズバーの床に倒れて呻いている。出血の一つや二つは期待したが、たんこぶ程度で済んでいそうだった。ボーイがすぐに駆け寄って、どこが痛いか聞いた。男は私を指差して、何か叫んだ。店長も怒声をあげながら、こちらに向かってくる。ヒトミとユキは猿みたいに、キャーキャーと声を上げていた。私はバックヤードに逃げながら、うるさい人間は本当に苦手だと思った。早く静かな部屋に帰りたかった。猫のミミは、こういうときに帰る家は、誰のうちだったのだろうか。父は、どうして二つの名前のうち、麗亜を選んだのだろう。

タンブラーを投げた衝撃で、バッタのようなコスチュームの胸元が、少しはだけていた。「ミミ」と書かれたネームプレートが、汚れた床に滑り落ちた。私はそれを、今にも折れそうなヒールで踏んだ。今この瞬間も、自分が誰なのか、わからない。

猫とビデオテープ

嶋津輝

休日の夕刻だった。明日の仕事の準備を終えたあと暇つぶしにタブレットでネットニュースを斜め読みし、本文の下の「おすすめの記事」を開き、また開き……というのを繰り返しているとき、ふいに「権田和夫」という文字が目に飛び込んできた。権田和夫。知っている。旧友の名である。学生時代のバイトの同僚。同い年で、私とはとても仲が良かった。二人とも他に恋人がいたのに、付き合っていると疑われるくらい仲が良かった。でも、卒業して就職したらパッタリ会わなくなった。ガス機器メーカーに就職した権田の配属先が四国だったのが大きい。当時は携帯電話もメールもなかったし、わざわざ長距離電話で話すような用事もなかった。初めて再会したのが三十二歳のときで、次に会ったのが四十二歳。ふしぎと十年おきに交流があった。そして、いま五十二歳である。ネットニュースには「権田和夫さん（52）」とある。たぶん本人だ。なぜ権田がネットニュースに取り上げられているのか。本文を読もうとするが、目が滑る。気が急（せ）いて、情報を消化できない。権田みたいなふつうの男が「さん」付けでネットニュースに載るなんて、よほど良いことをしたか、事故か殺人で死んだかのどれかしかない。

権田の笑顔が脳裏によみがえる。美人女優みたいなきりっとした大きな目と、モアイ像のようなしっかりした鼻。粒の揃った真っ白な歯が覗いている。ビザンチン風の整った顔立ちだが、ハンサムというには頭の鉢が大きすぎた。頭の鉢の大きさに毛根の数が追い付かず、学生のころからちょっと尋常じゃないくらいおでこが広かった。あと足も短かった。だからかどうだか親しみやすくて、バイト先でも、紅一点だった私と同じくらい皆に可愛がられていた。

権田、どうした。何があったの。

指がタブレットの上を泳いでしまう。皮膚が乾燥しているせいでうまくスクロールできない。やっと画面が動いたと思うと今度は一気に記事の下の広告まで行ってしまう。行ったり来たりしている間に、酒匂川（さかわがわ）、という文字を何度もとらえた。キャンプ、浅瀬、増水、子供、大型犬……。

頭から読まずとも、なんとなく記事のあらましは摑めた。浅瀬で遊んでいた子供が急な増水で流されそうになって、それを権田が助けたのだろうか。権田は子だくさんだ。四児の父だ。流されたのは何番目の子だったのか。その場に珠美（たまみ）もいたのか。そして、

「大型犬」って、なに？　権田が飼っているのは猫のはずだ。

　途方に暮れて天井を見上げる。シーリングライトのカバーの中に羽虫の死骸らしきものが透けている。昨年あたりからそれがあるのはわかっていたが、カバーを外すのが面倒で放っていた。私はキッチンから椅子を引きずってきてカバーを外し、ベランダに出て埃といっしょに虫の死骸を振り落とした。ふたたび椅子に上り、カバーを天井に戻す自分の手が震えているのに気づいたとき、ああ、権田は水の事故で死んだのだ、という確信が胸のなかでふくれあがった。キッチンに椅子を戻したついでにお湯を沸かし、ウイスキーを濃い目に割って、窓辺の安楽椅子に戻る。もう涙ぐんでいる。熱いお湯割りを啜っているうちに手の震えはおさまってきた。タブレットをふたたび手に取ると、「酒匂川で子供と大型犬を助けようとした男性、意識不明の重体」という太字のタイトルがようやく目に入った。

　権田は（まだ）死んでいなかった。私は大きく息を吐き、記事を頭から終わりまで読んだ。推測したとおり、キャンプ場の浅瀬で遊んでいた子供が流されたのだった。しかしそれは権田の子供ではなく、よその家の子供だった。子供が流されたのをその家の大型犬がはじめに気づき、子供を追って泳ぎ出し、続いて気づいた権田も飛び込んだ。権田は子供と大型犬をまとめて岸まで引き連れて泳ごうとしたそうだ。そのうち子供の父親が助けに入って子を救出し、犬も自力で泳ぎ着いた。権田だけが力尽きた。

まだ死んでいない、ということで私はいったん胸をなでおろしたが、意識不明の重体ということは予断を許さないのだろう。死ぬかもしれないし、助かっても障害が残ったりするのかもしれない。

どっちに転んでもおかしくない状況がひどく落ち着かなかった。テレビを点けてみるが、ちょうどよく権田のニュースが流れるはずもない。私は窓辺をうろつき、お湯割りにウイスキーを足しにいく。

意識不明の重体なんかではなく、いっそ知らないうちに死んでいてくれればよかったのに――、と、本音がよぎる。そのほうがすっきりする。今ごろ憔悴しきっているだろう珠美がこんな気持ちを知ったら激怒するだろう。私はガラス窓に映った自分の顔に、「鬼畜か」と唾を吐きかけるように呟いた。部屋を見回して猫の姿を探す。ちょうどよくシマが足元の猫用ベッドで丸まっていた。脇に手を差し入れて抱き上げると、熟睡していたせいか脇腹が熱いくらいにぬくまっている。シマは少し迷惑そうに細目を開けるが、逃げようとはしないので抱えたまま椅子に腰かける。死亡のニュースのほうがましだったのにと、ふたたび思う。

あの元気で、厚かましくて、善良かつ平凡な権田が、今まさにこのとき、命のともしびが消えそうな身体で病院のベッドに横たわっているなんて、怖ろしくて想像すらしたくない。私はシマの頭に鼻をうずめた。後ろ頭あたりの、鉛筆の削りカスのような香ばしい匂いを吸い込んでいたら、だんだん気分が落ち着いてきた。十年前に権田からもらい受けた猫が、こんな形で自分をなぐさめてくれるとは思いもよらぬことだった。

権田とは学生時代、バイト先のレンタルビデオ店で知り合った。

大手のチェーン店ではなく、学生街と商業地の境目にぽつりとある、個人営業の小さな店だった。まだＤＶＤなどない時代のことで、アナログのビデオテープだけを貸していた。半地下の店舗はたぶん二十畳もなかったと思う。スチール製の棚には「海外」「国内」「ホラー」など大雑把に分類されたＶＨＳがぎっちり並び、片隅に設けられた専用コーナーにベータがほんの少し、ジャンルの区別なくおざなりに配されていた。通路は人ひとり立つだけで塞がってしまうほど狭く、上の棚のテープを出し入れするための脚立を置く幅もない。バイト連中は脚立を半開きの状態でかろうじて固定し、棚ごと倒れないよう注意しながらステップに上がる術を身に着けねばならなかった。

店の奥には小さなレジカウンターがある。スツールが二つ置いてはあるものの、バイトが二人並んで座ると片方はカウンターからほとんど全身はみ出した。その狭いスペースで接客したり、返却ビデオを巻き戻したり、フィルムを被せてドライヤーで収縮させたりなどこまごました作業をこなした。しゃれこうべにオールバックのカツラを被せたような痩せた店長はいつもバックヤードで煙草をふかしていて、バイトがおしゃべりに興じていても笑みを浮かべて聞き入っているような穏やかな人だった。

私がそのレンタルビデオ店「フレンディ」に入ったときの、指導係が権田だった。権田も先月働き始めたばかりの新人だったが、ともに大学一年生の同い年だから話しやすいだろうということで指導係に抜擢されたのだ。それまでフレンディにいたのは男のバイトばかりで、べつに女性は雇わない主義とかではなく単に女性からの応募がなかっただけらしいが、十九歳の女子学生である私が入ったことでバイト連中は喜んでいたようだった。ただ、客からは戸惑いの声が上がったらしい。アダルトビデオが借りにくいのだという。

アダルトコーナーは店の一番奥にあり、手前にはホラーの棚が目隠し代わりに置かれていた。たしかに、私がレジに座っていると何も借りずに店を出てしまう人がいる。逆にSMなどのマニアっぽい作品をこれみよがしに何本も借りていく人もいた。一番多かったのは、重厚なマフィア映画やアカデミー賞受賞作の下にアダルトを重ねて借りるパターン。ためしに休憩中バックヤードから覗いてみたら、男のバイトがレジにいるときはみなアダルトだけ単独で借りていた。

客がそんなふうに気を遣うのも、バイトとして入って喜ばれるのも、私には驚きだった。そのころの私は自分を女子学生というより、ただの十代の子供だと思っていた。化粧もしていないし、洗いっぱなしの短い髪は小学生のころから変わらない。性別や年齢に急に付加価値をつけられて、ラッキーと思うより戸惑いのほうが大きかった。

　権田だけは、ただのバイトの同僚として私に接した。他の先輩バイトのように私にだけ優しくしたり、私だけ「ちゃん」付けで呼んだりせず、「伊部」と苗字を呼び捨てにし、返却されたアダルトを脚立に乗って棚に戻すのも平気で私にやらせた。変にだいじにせず皆と同等に扱うよう心掛ける、というよりは、権田自身も私と同じくらい幼かったのだと思う。権田は気楽な単細胞で、基本いつも自分に集中していて、他人と接するときは楽しそうに全身を開いて、馬鹿にされるとわかりやすく頰を膨らませた。私はすぐに権田になじんだ。

　レジのすぐ横に、格安の旧作コーナーがあった。純正のパッケージは傷んですでに取り去られ、テープだけがむき出しで棚に詰められている。戦前の名画もアダルトもごちゃまぜだ。仕事がひまになると自然にその棚の作品のタイトルに目線がいき、面白そうなものがないか物色する。旧作はあまり借りる客がいないので、店長がいない隙にバイト達は勝手に旧作を持ち出していた。

「伊部も好きなの借りなよ」

　権田が先輩ヅラしてそう教えてくれた。そして鞄のなかからそそくさとテープを取り出し、すばやく棚に戻した。見ないふりをして横目で見ると、題名は「くいこみ女教師」だった。赤いタイトル文字から血が滴っている。

「なにあれ、ホラー？」

「……なんだよ、見てたのかよ」

「私もホラー好きだよ。〝チャイルド・プレイ〟とか一人で映画館行ったもん」

「ああ、あの、チャッピーだっけ」

「あはは、チャッピーじゃなくてチャッキーだよ」

「ああ、チャッキーね……」気分を害したのか、権田は鉢の大きい頭をうつむけて横顔に翳を落とした。それから気を取り直したように旧作の棚を指差し、「それより、伊部。〝くいこみ女教師〟はホラーじゃない。アダルトだ。あのタイトルでホラーのわけないだろ。少しは文脈を読めよ」と勝ち誇ったように言った。

「アダルトの題名に文脈もクソもないでしょうよ」

「クソならあるぞ。ほら、一番下の段に〝排便夫人〟ってあるだろう」

「げっ、前から気になってたけど、あれもアダルトなんだ」

「アダルトじゃないならなんだと思ってたんだ」

「ヨーロッパの、中世の話とか……」

「馬鹿か」権田は鼻で笑ったあと声を低くし、「――実は、一回だけ借りたことがある」と告白した。私は「えーっ」と小声で非難し、権田がいない隙に「排便夫人」のタイトルが見えないようにテープを後ろ向きにした。

店が空いていて店長も不在のとき、権田と私はその後も旧作のタイトルを話のネタにした。面白い題名が多いから、しぜんとアダルトが話題にのぼった。「〝海女に群がるピラニア〟って、スプラッタ？」「〝セーラー服の性春〟って、中学の道徳の時間に見せられる映画の題名みたい」などと私が感想を言うと、権田は「なるほどね」とニヤついて頷き、「〝海女〟は二回観た」「〝セーラー服〟は近々借りる予定」などといらない情報を挟んだ。

ある日、私は一番気になっているタイトルを指差した。

「〝色情・めす猫団地〟ってどんな映画？」

私は当初、そのビデオのタイトルはただの「めす猫団地」だと思っていた。なめ猫みたいな猫がたくさん出てくるのだろうかと手に取り、白抜きの〝色情〟の文字に気づいて棚に戻したことがあったのだ。アダルトということは、たぶん権田は鑑賞済みなのだろうと訊ねてみた。

「俺はあれは借りてない。借りるつもりもない」権田は、真剣な目で私を見据えながら首を横にふる。

「え、なんで？　権田、ひょっとして猫苦手なの？」

「いや、逆だ。うちはいわゆる猫屋敷だ。五匹飼ってるし、野良猫にも餌をやってる」

「そうなの？　うちも猫いるよ。一匹だけど」権田も私も実家暮らしだ。

「うちは五匹全員メスでさ。野良猫もほとんどそう。オスもたまに来るけど種付けだけしてすぐいなくなっちゃう。異性のほうがいいのかみんな俺によくなついてさ、かわいいんだ」

「それと〝めす猫団地〟を借りないのとどう関係あるの？」

「〝めす猫〟という言葉をいやらしい意味で使うのが嫌なんだ。俺の猫たちまで穢（けが）されるような気がする」

「ふうん……」でも、たまに来るオスに種を植えつけられてるんだよね、という言葉を私は飲み込む。「でもさ、もし本物のめす猫の団地があったらかわいいよね」

「本物の？」

「猫が住める大きさの箱が積み上げてあってさ、めす猫ばっかり住んでるの」

「……いいなあ、それ」権田の大きな瞳が輝く。

「ちゃんと表札もあって、ミケとかミィとか、かわいい名前が並んでて」

「二、三歳のかしましいのがいっぱいいて、みんなでみゃーみゃー鳴いてたらかわいいな」

「老猫だってかわいいよ。うちの近くに野良の老姉妹がいるけど、おっとりしてて触らせ放題。ああいうおばあちゃん猫が住むなら団地の一階がいいね」

「あと、後家さんが子育てしてたりとか。子猫も女の子な」

「あと、一人暮らしでわけありな感じのロシアンブルーとか」

「あと、チンチラの二号さんとか。――あ、もし伊部がそこに住むとしたら最上階だな。伊部は身軽だから」

「え？」急に人間の話になって動揺した。「私？　身軽かな」

「おお、脚立に上るとこ見るといつも思うよ。音もたてずに軽々と上って、猫みたいだ」

「ふーん、そうなんだ」

たしかに私は運動神経がいいほうだが、出し抜けにそう言われて頬が赤らんだ。

それからも権田と私は「フレンディ」で働きつづけ、シフトが同じになればくだらない話をし、ふたりで声を殺して笑い合った。ヘビースモーカーの店長の影響か先輩バイトは全員喫煙者で、私たちもじきに煙草を覚えた。レジの裏のバックヤードの入口にはのれんが下がっているだけで、煙の匂いは店じゅうに広がって壁紙は茶色になっていたが、苦情を言う客はひとりもいなかった。

休憩時間に一服しているとき、権田が私の煙草の銘柄を見てふっと微笑んだ。

「キャスターか。俺はブンタだ。ちょっと頭がくらくらするぐらいが気持ちいいんだぜ」

と、セブンスターの箱を見せてきた。頭がくらくらするということは権田にセブンスターは強すぎるのではないかと思ったが、何も言わずに一本もらった。権田が見守るなか私は深く吸い込んでみたけれど、べつに頭はくらくらしなかった。

そのうち、権田にも私にもそれぞれの学内で人生初めての恋人ができた。私はゼミの一年上の先輩の見た目がかねてからちょっといいなあと思っていて、それは顔やスタイルがどうこういうより身に着けているものすべてがお洒落でも野暮ったくもなくちょうどよく彼に馴染んでいるところを好ましく思っていただけなのだが、交際を申し込まれたら思いのほかうれしくてすぐに頷いた。私はいっぱしに髪を伸ばしたり、ミニスカートを穿いたりするようになった。恋人は喫煙者ではなかったので学校では煙草を我慢し、フレンディに着くやいなやバックヤードで思い切り紫煙を吹き上げた。いっぽう権田の通う大学は店から近く、権田が上がる時刻に合わせて恋人の珠美が迎えにくるようになった。

珠美は日本人離れした体格の持ち主だった。権田よりわずかに背が高く、身体ぜんたいに厚みがあって、手足が長く、そのくせ頭が小さかった。いつもピチピチのTシャツを着て、胸が大きいのか胸板が厚いのか、胸元のイラストが伸びて張り切っているのでついそこに目が行ってしまう。にこやかで頰が丸くて、健康美人という感じだった。先輩たちは皆「いいなあ、権田」とからかって、権田もまんざらでもない様子だった。

小柄で細身の私は、ああ、権田は私とはぜんぜん違うタイプが好みなんだ、と、好奇心をもって珠美を観察していた。珠美のほうは私にとくに関心がなさそうだったが、ある日権田が私を「伊部」と呼び捨てにするのを聞いたのか、「ひょっとして、同い年？」と声をかけてきた。そして権田がタイムカードを押しがてらトイレに行っている間に、「どこの大学？」「家はこの近く？」「下の名前は？」「彼氏いるの？」などと質問攻めにし、「じゃあまたね、葉子ちゃん」と、いきなり下の名で私を呼んだ。それ以来珠美は店に顔を出すたび親しげに私に手を振り、通りがかりに店を覗いて権田がシフトに入っていないと、私が上がるのを待って一緒にケーキを食べに行ったりするようにもなった。二人きりでお茶をしても権田の話題にはならず、ドラマとか音楽の話をした。珠美はだいたいいつも上機嫌で、私は気を遣わされるようなこともなく、二人で出かけるのをけっこう楽しんでいた。

　権田たちが付き合いはじめたのが秋口で、その年のクリスマスの次の日、遅番で権田といっしょになった。客が途切れたときに権田は、「伊部は、イブは彼氏と過ごしたのか」と訊いてきた。

「ううん、家族で鶏食べたよ。向こうはバイト入ってたから」

「そうか」そう言って権田は呆けた顔で天井を眺めた。その日の権田はまるで使い物にならず、レジの最中にうっとりした顔でため息をついたり、テープのパッキングをする手を止めて自分の上半身を抱きしめたりしていた。

　ゆうべ珠美と結ばれたんだな、ということが丸わかりだった。私は権田より一足お先にことを済ませていて、しかも当日その足で遅番のバイトに入っていたのだが、権田のように仕事中呆けたりはしなかった。

　その日以降、店に珠美が迎えに来て立ち去るときの二人の後ろ姿が、急激に親密さを増した。互いの腰に手を回し、身体を寄せ合ってもつれるように歩いていく。私に対しても、「そんなミニスカートじゃ、脚立に乗る用事を頼めないじゃないか」などと女扱いするようになった。アダルトビデオは以前と変わらぬペースで旧作を借りつづけていた。

　私は、卒業するころには恋人と別れていたが、権田と珠美はずっと仲が良かった。珠美と私も、私と権田も仲が良かった。

　大学四年の冬の日、店長は出勤しておらず、最古参となった私と権田が閉店後の自動ドアに鍵をかけて外に出た。十二月の、早い雪がちらついていた。

「明日も出だから積もらないといいなあ」

　白い息を吐いて歩き出すと、私のローファーの靴底が金属のスロープで滑った。

「ひゃっ！」

　踏ん張ると同時に、横にいた権田の腕にとっさにつかまったので転ばずにすんだ。私は両手で腕を握りしめたまま身体をゆるめ、「ごめんごめん」と権田を見上げた。権田は妙に真剣な、はっとしたような顔で固まっていた。

一瞬、空気がしんとなった。暗がりで光る権田の白目が私をとらえていた。やにわに抱きすくめられてもおかしくない雰囲気が漂ったが、酔っ払いの団体が近づいてくる物音で急に時間が動き出した。いつも通り、雑談をしながら二人で最寄り駅に向かった。

私が権田の肉体に触れたのは、このときのただ一度きりだ。

未登録の番号から電話がかかってきて、「はい」と不愛想に出ると「葉子ちゃん？」と華やいだ声で呼びかけられた。珠美だった。大学とバイトを卒業してから十年が経ち、お互い三十二歳になっていた。

卒業後、珠美とは何回かご飯を食べた。私は最初に内定が出た不動産会社にそのまま就職したが、総合職にこだわった珠美の就職活動は長引き、最終的に営業職専門の総合職として生命保険会社に入った。個人の成績がものをいう職種なので、「売上が上がらないから風当り強くて」と会うたびため息をついていたが、私が一口加入しようかと申し出るとなぜか頑（かたく）なに断った。

ガス機器メーカーの高知支店にいる権田とは年に数回しか会えず、早くこっちに異動になればいいのにとよくこぼしていた。珠美がさらに忙しくなってからしぜんと会う頻度が少なくなり、携帯電話が普及し始めたころには完全に交流が途絶えていた。最後に会ったのはもう五年以上前だろうか。

「ご実家に電話したら、葉子ちゃん一人暮らししてるっていうじゃない？　だからお母さんに携帯の番号教えてもらったの」

珠美にそう言われ、私はまたか、とため息をついた。

この頃、卒業アルバムを見て懐かしくなって、という同窓生からの電話が何件かかってきていた。みな卒業アルバムに載っている実家の番号に電話をし、母から携帯番号を聞き出し、在学中はろくに話したこともない私に宗教や自己啓発の話をするのである。母には何度か注意したが、友達が少なそうな娘に旧友と名乗る人から電話があるとつい連絡先を教えてしまうらしい。私はいささか参っていた。

でも、相手が珠美ならば話は別だ。懐かしい声に私は前のめりで聞き入った。

珠美はまず、数年前に権田と結婚したことを報告した。私は今さらと思いつつ声を高くして「おめでとう」を言い、権田の濃い顔立ちを久々に思い出した。権田の赴任先が四国から北海道に変わったのをきっかけに結婚したのだそうだ。旭川でしばらく暮らし、今年に入って木更津営業所に異動になったのを機に昔の友達と連絡をとっているのだという。

ランチを食べながら近況報告をしよう、という話になり、週末に表参道で待ち合わせた。珠美は髪の毛先を巻いて昔よりお嬢さんっぽい雰囲気になっていたが、相変わらず健康的で、レースがあしらわれたカットソーの胸元はぱんぱんに張っていた。

あらかじめ珠美は店を決めていたらしく、根津美術館近くのカフェに入った。オーダーするなり堰を切ったように、結婚してからずっと専業主婦で、子供はまだおらず、新婚時代に住んだ旭川がいかに寒かったか、というようなことをひといきに喋った。「葉子ちゃんは？」と訊かれ、私もここ十年の出来事をざっと話した。新卒で入った不動産会社は腰かけの女性社員が大半で、結婚話のない自分はだんだん居づらくなって二十八歳のときに辞めたこと。新興の不動産関係に転職して、忙しいから会社の近くに部屋を借りたこと。今もまだ結婚はしていないこと——。

「すごーい。私ね、葉子ちゃんはキャリア系になるって昔から思ってた」

珠美は甘い声を出す。そんなふうに思われていたとは意外だった。

ランチの「鶏のクリーム煮プレート」に添えられたサフランライスは大さじ二杯分ぐらいしかなく、お腹の半分も満たされなかった。同意される前提で「ケーキも頼んでいい？」と珠美に訊ねたら、意外な返事が返ってきた。

「ごめん、私、このあと人と会う予定があるの」

待ち合わせ場所で会ってからまだ一時間も経ってない。私が拍子抜けしていると、

「その人ね、この道沿いのマンションに住んでるの。用事はすぐ終わるから、葉子ちゃんも一緒に来ない？」

珠美はすまなそうに手を合わす。正直気が乗らなかったが、すぐ終わる用事ならそのあと一緒にケーキを食べに行けばいいかと思い、ついていくことにした。

道すがら珠美は、これから会う人が自分たちより一回り年上で、でもとてもそうは見えないくらい若々しくて素敵なのだということを、身振りをまじえて熱っぽく説明した。よく喋るのは昔からだが、やけに抑揚が激しくて芝居がかっている。私は珠美がふざけているのかわからず戸惑い気味に相槌を打ったが、珠美は高揚した様子のまま、立山墓地の手前の瀟洒な低層マンションに入っていった。

「珠美ちゃんのお友達？　どうも、田中よしこです」

出迎えたのは、なるほど四十代半ばにはとても見えない垢抜けた女性だった。髪は流行りのシャギーのセミロングで、短いTシャツにローライズのデニムを穿いている。顔立ちもきれいだが、なにより肌の美しさがすごい。シミも皺もなくて、作り物の肌みたいだ。Tシャツとデニムの間に覗く下腹もちっともたるんでいない。

何十畳あるかわからないカーペット敷のリビングに通された。ガラスのテーブルを、何人かの女性が囲んでいる。みなシャギーか巻き髪だ。「こんにちは、珠美ちゃんのお友達ですか？」と感じよく挨拶してくる。私たちもそのテーブルにつく。

テーブルの上には、メイク道具がたくさん並んでいた。まもなく発売予定の新商品をみなで試しているのだという。私の隣には美しいよしこさんが座り、ほとんど化粧っけのない私の肌にファンデーションを塗り、アイラインをひき、リップグロスを載せた。

「わー、すっぴんでもきれいだったけど、ぐっと華やかになった」

　みなに拍手される。すると、キッチンのほうから茶髪のロン毛の男性がお茶を持って出てきた。ロールケーキもテーブルに並べ「どうぞ」と言う。私はもう小腹が空いていたので、グロスがとれないようにケーキをぱくついた。

「今の、うちの旦那」

　よしこさんが言う。「はー、かっこいい旦那様ですね」よく見ていないのにお世辞を言うと、テーブルの正面にいた人が「よしこさんとまなぶさんのご夫妻は、有名人なんです」と教えてくれた。よしこさんは「こらっ。そんなことないわよ」と窘（たしな）めてから、紅茶をすすって私のほうに向きなおった。

「この化粧品を扱う会社を旦那とやってるの。ま、商社みたいなもの？　メイクだけじゃなくて、基礎化粧品も一通りそろってるのよ」

「じゃあ、よしこさんはその基礎化粧品でそんなにお肌がきれいなんですか？」

「ま、ありがとう。でも、化粧品じゃ肌はきれいにならないの」

　よしこさんはきっぱりと否定した。それから足元の紙袋に手をやり、

「化粧品はサポート役なのよ。肌はあくまで自分で〝作る〟ものなの。だからね、このの、サプリメントを摂（と）ったり、こっちのプロテインもね――」

サプリメントの瓶やプロテインの袋をじゃんじゃんテーブルに載せる。どれも同じブランド名が書かれている。私ははじめピンとこなかったが、だんだん思い出してきた。マルチ商法まがいと騒がれていたある化粧品のブランド名だ。私は珠美をチラッと見た。珠美はうっとりとよしこさんを見つめていて、私の視線には気づかない。

勧誘のために呼び出されたのだとわかっても、私は特段ショックではなかった。ついさっき「キャリア系」と珠美が表現した通り、そのときの私はけっこう稼いでいた。新卒で入った不動産会社ではコピーやお茶くみばかりだったが、不動産会社に在籍していたということだけで転職はスムーズに運んだ。不動産ファンドのはしりの会社にすんなり入れ、はじめはアシスタントだったが、社員数が足りなくて徐々にトレーダーのまねごとをするようになった。時流に乗ったのか多少のセンスもあったのか、すぐに成績が上がり、二年目からびっくりするようなボーナスをもらうようになった。三十過ぎのわりに、経済的にはかなり潤(うるお)っていたのだ。

だから、マルチにのめり込む気はないにせよ、商品を買うくらいなら悪くないと思ったのである。いや、むしろ乗り気だった。よしこさんのような四十代になれるのなら、化粧品だけじゃなくサプリメントやプロテインまでフルラインナップで揃えてもいいと思った。ただ、かつて生命保険をけして売り込もうとしなかった珠美が、しばらくぶりに再会した私をいきなりここに連れてきてしまう、その変わりようが少し気掛かりではあった。

私はあらためて広いリビングを見回す。インテリアもごてごてしていなくてセンスがいい。大文字のAを横に並べたような複雑な形の本棚には、オブジェや洋書がゆとりをもって配置されている。分厚い写真集や画集の間に矢沢永吉の「成りあがり」が混ざっているのが気になったが、集まっている人たちも含めてしっとりと品があって心地が好い。こういう優雅なところに集まって週末の時間をつぶしながら、珠美が大損を被（こうむ）ったりしないよう見守るのもいいんじゃないかと思い始めていた。

「葉子さんは、お仕事はなにをされてるの？」メイク道具を片付けながらよしこさんが訊いてくる。

「仕事は、不動産関係です」

「そうなの。おうちは？　やっぱり不動産系なの？」

「いえ、うちの親は公務員で……、父が警察官なんですけど」

「えっ」瞬時に場の空気が固くなった。

「あの、警察官といっても、いわゆる町のおまわりさんで……」

私は言葉を継ぎ足すが、皆がそわそわし始めた。そして「じゃあ今日のところはこれで、解散」とよしこさんが微笑んで手を合わせ、珠美と私だけが外に出された。

ふたりで駅に向かって歩き出したが、珠美は途中で「葉子ちゃん、今日は会ってくれてありがとう。なんか、ごめんね」と言って、艶のある巻き髪を揺らしてもとの方へ小走りで去っていった。

　それから一週間後、権田から電話があった。

「伊部、すまん。なんか珠美が迷惑かけたみたいで」

　珠美から私の携帯番号を聞き出したという権田は平謝りだった。私はたいした迷惑とも思っていなかったが、お詫びに奢るという権田に押し切られ、十年ぶりに再会することになった。

　権田が指定したのは、サラリーマンであふれ返る八重洲地下街の居酒屋だった。私が到着すると権田はすでにジョッキを傾けていて、ストライプのワイシャツ姿で生意気にネクタイをゆるめている。私のパンプスの足音に気づいたのか視線を上げ、

「伊部、変わらないなあ」

　と目を細めて言った。

　私は権田の正面に座り、あらためて権田を眺めた。おろした前髪の隙間から透けている頭皮を見て、私は権田のおでこが広かったことを卒業以来初めて思い出した。初めて見る社会人の権田は、若干こころもとなくなった前髪以外は変わったところがなく、相変わらず気楽な調子で勝手にオーダーしたつまみを直箸でばりばり食べている。全部食

べられてしまいそうな勢いなので、私も直箸で最後のひとつとなったさつま揚げを掠めとった。

ジョッキを二杯空けたところで、権田は珠美のことを話し出した。

「ねずみ講――っていうと珠美は怒るんだけど、あの仲間といるのが楽しいみたいでさ。一度写真を見たことがあるけど、なんか胡散臭い連中じゃないか？　あいつ昔から派手な集団に弱いとこあって、ひょっとしてカモにでもなってるんじゃないかって心配でさ」権田はお品書きを見つめたまま訥々と語った。

「いや、華やかな人もいたけど、そんなギラギラした感じではなかったよ」

「そうか――。まあ俺も、少なくとも珠美が他人には迷惑かけてないみたいだったから、まあいっかって放っておいたとこあってさ。仕事も忙しいから、つい」

権田はお通しのいんげんが好きではないらしく、手をつけていないのを私のほうに寄せてくる。

「でも、まさか伊部に迷惑かけるとは思わなかった。大勢に囲まれて帰れなくなったりしたんじゃないか？　ほんと、申し訳ない」

テーブルに両手をついて頭を下げるので私は慌てた。

「や、別に迷惑かかってないよ。むしろ久しぶりに珠美に会えてうれしかったよ。だいたい何も買わされてないし」私はすっかり乾いたいんげんの煮物を平らげる。

「そう言ってもらえると助かる。あいつ、珠美もさ、別に昔と変わっちまったわけじゃないんだ。俺が転勤族なのが悪いんだ。数年で動くから、落ち着いて仕事も探せないし、友達だって——。子供でもいればいいんだけど、なかなか、な」

権田はしんみりした口調で熱燗を注文する。私もビールから熱燗に切り替えた。

「いや、権田は謝るけどさ、珠美と行ったマンションで、何も買わされてないどころか、ほんとは私、買いたかったんだよ、化粧品とか。だって、会わされた組織の親分みたいな人、一回り年上なのにすごいきれいなんだよ。きっと商品は悪くないんだよ」

「ああ、田中夫妻な。あの組織では有名人なんだよ。会員向けのプロモーションビデオまで出てるんだ。あなたも努力すれば、田中夫妻みたいなゴージャスな生活を送れます、って憧れを煽るようなきらびやかな内容の」

「たしかに、すごいマンションだった。珠美は田中さんのこと信奉してるみたいね」

「ああ、そのプロモーションビデオ、うちに何本もあるんだ。あ、そうだ。ビデオっていえばさ……」

「ん、フレンディ？」

「そうそう、フレンディ、三年前に閉店したんだよ」

「あー、そうなんだ。あの規模だと続けるのちょっときついかもね」

「いや、店長が死んだんだ」

「あっ、そうだったんだ」

「肺がんで」

そういえば、権田も私ももう煙草を吸っていない。私は一般職ＯＬ時代に、隠れて吸うのが面倒くさくなってやめたのだ。権田はいつの間にやめたのだろう。

「正月に里帰りしたとき、先輩から連絡がきたんだ。先輩は卒業後も店長とたまに会っていたらしい。それで、店長が死んで店を閉めたあとの片づけを手伝うことになって、俺も一日だけ行ったた。店長の奥さんが、古いビデオ持ってっていいっていうから何本かもらった」

「そういや権田、しょっちゅうアダルト借りてたよね」

「ああ。だからアダルトばかり何本かいただいてきた。でも俺が一番好きだった〝くいこみ女教師〟は先輩が先に押さえてた」

「あったね、そんなの。なつかしい」

「せっかくだと思って、一度も観たことないのを選んだんだ。伊部、〝色情・めす猫団地〟って覚えてるか？」

「ああ！　覚えてるよ。権田、猫好きだから借りたくないって言ってたじゃん」

「今は借り上げ社宅で猫も飼えないから、もうこだわりは捨てたんだ。で、もらってきて、珠美が寝たあと観てみたんだけどさ――」権田は空のお銚子を振っておかわりを要求する。

「それで、どんなだった？」

「いや、それがさ……。いや、まあいいや」

「なんなのよ。実はほんとに本物の猫の話だったりとか？」

「そう、本物の猫も出てくるんだよ。団地妻がこっそり飼ってる猫でさ。で、その団地妻ってのがさ……、言っちゃおうかな。似てるのよ、伊部に」

「えっ、私に？　マジ？」

「いやいやマジで。顔といい全体の雰囲気といい……」

「それってどうなのよ。もちろんきれいな女優だってことよね」

「いや、まあ、悪くはないんだけどさ……」権田は反芻するように目線を泳がせたあと、隣の席の団体のほうを見やりながら言った。「俺、抜けなくてさ」

「あ、そう。それっていったいどういう意味よ。まあ、逆に抜かれても気持ち悪いんだけど」

「いや、だってさ、これで抜いちゃったら、俺、さすがに隣の部屋で寝てる珠美に悪いと思ってさ……」

　権田は私より酒が弱いらしく、そのあとはろれつが怪しくなってほとんど聞き取れなかった。呑み始めて二時間ぐらいたったころ急に「あっ、俺のお気に入りの快速がっ」

と腕時計を見て立ち上がり、支払いを済ませて店を出た。権田は東京駅の構内で二、三回なにか意味不明の言葉をつぶやいたあと、ふらついた足取りで総武線快速の下りエスカレーターに消えていった。

その十年後に権田と会ったのはまったくの偶然だった。四十二歳のときのことである。

私は、ある総合病院に入院していて、翌日に退院を控えていた。術後の痛みもほとんどなくなり、一階に入っているコンビニに飲み物を買いにいったとき、後ろから「伊部？」と声を掛けられたのだ。

伊部、と私を呼び捨てにする男など権田しか思い当たらない。確信をもって振り返ると、頭の側面にだけ頭髪が残っている権田がいた。チャクラが開いたかのように頭頂がつるつるで、顔立ちの濃さはだいぶ薄まっていたが、こぼれる歯の白さだけは相変わらずだった。権田は私がパジャマ姿であるのを認め、

「なんだ、伊部、入院中？」あっけらかんと訊いてきた。

「ん、明日退院なんだ」

「どうした？　怪我でもしたのか？」

「いや、内臓系をちょっと……、手術したの」

「もう大丈夫なのか？　買い物なんかして」

「うん、もうだいぶいいの。権田は？」

「俺は産科。昨日産まれたんだよ」

「あ、お子さん？　ひょっとして権田んちの？　おめでとう」

「や、どうも。いままではお産婆さんのとこで産んでたんだけどさ、さすがにこの年になると、珠美もハイリスク出産だから」

「いままでは、って、今回何人目なの？」

「四人目なんだ。あ、そうか。前に伊部と会ったのは十年前ぐらいだったよな。あれからポンポン子供ができてさ」

「へえー、上の子ってもういくつなの？」

「上はもう小学校四年で……」などと答えながら、権田はコンビニ横のカフェのほうに首を伸ばしている。女、男、男ときて、今度は女、なんて話をしながらカフェに空席を見つけ、しぜんと二人でそちらに流れた。紙のおしぼりで権田は頭頂を拭き、気持ちよさそうにハァ〜と息を吐いた。

「権田は、いまから帰るとこ？」

「いや、いま着いたとこ。まあ、ちょっと顔見たら帰るつもりだから。なんせ四人目ともなると」

「そんなに子だくさんってことは珠美、今はすっかり忙しいんだね。前会ったときに話してた、あのマルチまがいは？」

「おお、そっちはすっかり足を洗って、今はただの肝っ玉母さんだよ」

それから権田は、数年前にガス機器メーカーを辞め、転勤のない中堅企業に転職したと話した。いまは団地に住んでいるのだが、さすがに手狭になったので多摩川の近くに三十年ローンでマンションを買ったばかりなのだそうだ。

「もうすぐ引っ越しだ。伊部は不動産系だっけ？　そういや珠美が、伊部はキャリアウーマンになってるって昔言ってたけど……」

「それがさ、この前仕事辞めたばっかりなんだ」そう話しながら、私はテーブルに滴が垂れないよう紅茶パックをカップから取り出す。

不動産ファンドの会社で十数年働いている間に、私はまずまずのお金を貯めた。三年前に起きたリーマンショックの後はあらゆる案件が頓挫したが、給料が急に下がるわけでもなかった。ただ、敗戦処理のような後ろ向きの仕事ばかりになったのはきつかった。そのストレスのせいかわからないが以前からあった子宮の腫瘍が暴れ出し、医師に勧められるまま全摘することになったのだ。もともと子供を持つことはもうないだろうと思っていたので、女性特有の機能を断たれることより、臓器のひとつを失うことに対して自分の身体に申し訳が立たないという気持ちがつよかった。これ以上身体に何の負担もかけたくなくて、入院する前に会社に退職願を提出した。私は入院までの経緯を、部位は伏せたまま簡単に権田に話した。

「じゃあ、しばらくは静養するのか？」

「そのつもり。まあ、しばらく働かないでも生きていけるぐらいの貯えはできたから」

権田はそこで手に持っていたカップをテーブルに置いた。

「伊部、頼みがある」

「えっ」金の無心でもされるのかと私は怯えた。権田は目をぎらつかせて顔を寄せてくる。

「うちの猫が四匹子供を産んだんだ」

「はあ？」

「めす猫で、そろそろ不妊手術しようとしてたとこだったんだ。それが団地の二階から抜け出して、三日後に戻ってから、だんだん腹がでかくなってきた。この前四匹産んだばかりなんだ」

「子供が四人いて、子猫も四匹って、大変そうだね」

「大変なんだ。こんど引っ越すマンションでは猫は二匹までしか飼えない。一匹は兄貴のとこに行くことが決まったんだが、あと二匹はもらい手を探さなければならない。伊部、頼む！」

する。

「えー、でも、私、病み上がりだし……」私はパジャマに飛んだ紅茶のシミを指先でこ
「だからちょうどいいんじゃないか」

「ちょうどいい？」

「赤ちゃん猫を昼間ひとりにするのは心配だ。だけど、伊部はちょうどよくしばらく静養するという。しかもどうやら経済的にもゆとりがある。実家にいるときは猫も飼ってた。かわいい猫を託すのにこれ以上安心な人材がいるだろうか。いや、いるまい」

　相手が権田じゃなかったら黙って席を立っていたと思う。でも、権田は昔からこんな感じの奴だった。今だって権田はふざけているわけじゃない。心から、猫のもらい手として私がちょうどいいと思っているだけなのだ。

　ちょっと考えさせて、と答えはしたが、心の中ではもうもらうことに決めていた。私はもともと猫好きなのだ。これからの無職の独居生活、柔らかくて温かいものと一緒に暮らすのは、悪いことではないだろう。

　お茶を飲み終え、権田とエレベーターに向かった。権田は私を先に乗せ、産科のある五階のボタンを押した。

「伊部は、何階だ？」

「ん、おんなじ五階。婦人科だから」

「――」

権田はボタンのほうを向いたまま黙った。扉が開き、二人で五階に降りた。権田はしばらくその場で立ち尽くしてから、小さな声で訊いてきた。

「伊部、大丈夫か？　これからも治療とか続くのか？」

まったく形式的なところのない、しんから心配そうな声だった。

「大丈夫。悪性腫瘍とかじゃないから、退院後はたまに外来で診てもらうだけ」

「そうか」権田はうつむいてほっと息を吐いた。

それぞれ産科と婦人科に向かって右と左に歩き出したとき、後ろから「伊部っ」と呼び止められた。赤ちゃん見てくか？　などと言われたらどうしようと私は身構えたが、権田は、

「もし、もしさ、猫を飼ってもいいかなー、って気に、ちょっとでもなったら、よかったら、電話くれな。俺、車で伊部んちまで届けに行くからな。ついでに伊部の顔色がいいかも、チェックするからな。猫はいいぞ、伊部。うちのはみんな器量よしだからな」

と、笑顔で手を振って、私のほうを向いたまま廊下の奥に消えて行った。

抱かれ飽きたシマが身をよじって飛び降りた。トイレのほうに小走りで去っていくの

と入れ替わりに、トラがのっそりとやってきた。

　結局、権田からは猫を二匹もらった。どちらも縞柄のオスとメス。オスのトラが濃茶で、メスのシマは薄茶。一匹引き受けるから届けに来て、と連絡したら、権田は「声を聞くかぎり元気そうだなあ」とうれしそうに言い、その週末にミニバンでやって来た。「珠美も心配してたぞ」と言いながら家に上がった権田は、猫を二匹抱えていた。「好きなほう選んで」と両方差し出すという卑怯な手段に出たのである。権田が器量よしと言った通り、どっちも真ん丸の目玉の目尻だけがちょっと上がってひどく可愛い。ためしに両方太腿に載せてみると、小さな手を目いっぱい開いてスウェットの胸のほうに競うようによじ登ってくる。どちらか一匹を選ぶことなどできなかった。二匹の子猫を日当たりの悪い高架脇の賃貸マンションで飼うのが忍びなくて、私は樹々が生い茂る神社の脇に立つ築四十年の、広くはないけれど窓の大きな中古マンションを買った。

　成長の記録を送るよう権田に命じられたので、しばらくは定期的にメールで写真を送った。一歳を過ぎたころからは送らなくなり、今年で十歳になる。二匹とも今まで大病もせず、見た目も若々しい。おっとりしていて、警戒心がなくて、おっちょこちょいだ。そして私の目を見てよく話し掛けてくる。お腹がいっぱいのときでも、丸い目で見上げて、にゃーにゃーと何か言う。実家にいた猫はもう少し緊張感があって素っ気なかった。権田に似たのだろうか、と何度も思った。

トラが私の足元に来て「にゃにゃっ」とひと鳴きしてから膝に飛び乗ってきた。トラの背中を撫でているとトイレのほうから砂を掻きまわす音がして、今度はシマが戻って私の足元にやってくる。伸びあがって、膝にトラがいるのを見るとあきらめたのか、ベッドに入って丸くなった。そのうち西日が直に当たって、シマは長々と手足を伸ばした。

次の日、私は珠美に電話をかけた。いや、出ないでいいと思っていた。だけど珠美は「葉子ちゃん⁈」とすぐに出た。

権田のこと、ニュースで見たんだ、と言うと、ニュースになっていることに驚いていた。

「ちっとも容体は変わらないの。眠ってるだけみたいに見える」

珠美は静かに話す。お子さんたちは大丈夫なの？　何か手伝えることはない？　と問うと、上の子たちが大きいから大丈夫、と答え、でも、明日ちょっとだけ家に戻らなきゃならない用事があるから、そのとき、外で少しでもいいから会えるとうれしい、と穏やかな声で言った。

トラとシマに手がかからないようになってから、私は小学生相手の学習塾講師のバイトを始めていた。進学塾ではなく学校の勉強についていけない子供が対象で、なんとか私でも務まっている。勤務は夕方からなので、珠美が指定する時刻に権田家が住む南武線沿線の町に行くことができた。待ち合わせのファミレスに着くと、珠美が店員に「二人です。待ち合わせで」と答えているところだった。

二十年ぶりに会う珠美は初めて見るショートヘアで、健康的を通り越して、スポーティな印象になっていた。頬がこけているのはさすがに今回の事故のせいだろう。昔と変わらずのびやかな身体をしていた。私に気づいて「葉子ちゃん、ああ変わらない」と言う。変わっていないわけはないのだが、別人のように老け込んではいない、という意味だろう。

席について向かい合うと、珠美は、予想したよりずっと落ち着いて見えた。権田は今日も眠っていて、今後目覚める確率は五十パーセントだと淡々と話した。

「私ね、あの人は大丈夫だと思ってるの。死なないような気がしてるの」

コーヒーカップを口に運ぶ珠美の手がわずかに震えていて、私は目を逸らした。

「今日はね、これを渡したかったの」

小さな紙袋をテーブルに出す。茶色いごわごわした厚紙の袋で、口はセロテープでしっかりとめられていた。

「今のマンションに引っ越すときにね、荷造りしてるとき、あの人が、あ、これ伊部にやらなきゃ、って言って、紙袋に入れてたの。でも会う機会がなくて、ずっとそのまま納戸（なんど）に入ってた。べつに今わざわざ来てもらって渡す必要もないんだけど、もし、あの人のお葬式で渡すなんてことになったら、それはちょっとつらすぎるから」

「――なんだろう、軽そうだけど」私は紙袋を手にとって表面を撫でてみる。

「中は見てないの。ほんとはすごく見たかったんだけど、妻の意地かな。葉子ちゃんとうちの人のこと、気にしてるって認めたくなかったから」

「――」

「新婚のころかな。一度だけ、訊いたことあるの。葉子ちゃんのこと好きなんでしょ？って」

「べつに、好きじゃないって言ってたでしょ？」私は、あえて珠美の目をまっすぐ見据えて言った。

「ううん、好きだって」珠美もまっすぐ見返して言う。「だけど、恋愛感情じゃないって」

「私も同じ。権田のことは好きだけど、恋愛感情じゃない」

珠美は苦笑い混じりに微笑んだ。笑って頬の肉が盛り上がると、昔とおんなじ顔になる。そして、

「葉子ちゃん。もし、もし、権田の意識が戻ったら、一度ぐらい寝てもらってもいいわ」

いたずらっぽく目を細めて言った。珠美につられて、私も片頰で笑った。

「まあ、一回だけなら、やぶさかでもないかな。あくまで権田が承諾すればだけど」

「そうね」と珠美は吹き出し、目尻を小指で払うような仕草をした。それから二人とも黙ってコーヒーを飲み干し、駐車場で別れた。

私は、家に着いて、トラとシマを順番に抱き上げてから、紙袋を開けた。

電車の中でもずっと中身が気になっていたが、開けるのが怖かった。権田の、優しさとか、感傷とか、茶目っ気とか、ひょっとしたら恋慕とか、そんな心を揺さぶるようなものが出てきたら、どうしようと怯えていた。

紙袋から出てきたのは、案の定ビデオテープだった。そしてそれは、私が恐れていた「色情・めす猫団地」ではなかった。そんな、ニュー・シネマ・パラダイスみたいな展開にはならなかった。

取り出したVHSのケースは表面がぶよぶよに歪んで、日焼けしたパッケージの写真は全体が薄黄色に褪せていた。結婚式のお色直しのような男女が並んでいるのがかろうじてわかる。私は掠れたタイトル文字に目を凝らし、「マ・ナ・ブ、アンド、ヨ、シ、コ……」とローマ字を読み上げた。

権田が紙袋に入れてわざわざとっておいたのは、あのマルチ商法まがいの、田中夫妻のプロモーションビデオだった。茶髪の旦那さんはタキシード姿、美しいよしこさんは肩がむき出しのドレスで、紅白の歌手ぐらい大きく頭を盛っている。

「……誰が見たいかっ！」

こんなものに丁寧に封をする権田の姿が目に浮かび、私は吐き捨てるようにひとりごちた。やっぱり権田は間抜けだと呆れ、テープをベッドの上に放り投げた。そしてベッドに横たわるゴージャスな夫妻のパッケージ写真を眺めていたら、だんだん中が見たくなってきた。でも、ビデオテープの再生機器など家にはない。

もし、権田が無事に生還したら、再生機を入手して、見てみようと決めた。テープの保管場所には少し悩んだ。神棚でもあったらそこに置いておきたかったが、結局猫ベッドのクッションの下に入れた。そこがいちばん暖かそうだから。


一週間後、珠美から電話があった。

電話口の珠美は会ったときとは別人のように取り乱していて、どうやら大泣きしているようで、権田はついに逝ってしまったのかと覚悟したが、珠美はしゃくりあげながら権田の意識が戻ったことを告げた。みるみる回復しているという。私もいっしょに少しだけ泣いた。珠美は「一回だけ寝る話は、とりあえず保留にしといて」と、泣き笑いの声で言って電話を切った。

私はすぐに中古のビデオプレイヤーを入手して田中夫妻のプロモーションビデオを見

た。

テープが吸い込まれて回転し出すと、珍しい機械音のせいかトラとシマが寄ってきた。テープは画質も音も最悪だったが、美しいよしこさんがバドガールやアムラーのような扮装で出てくるのが興味深く、ハワイのイベントに豹柄のビキニ姿で登場したときは思わずスロー再生にしてしまった。鑑賞後ビデオの余韻を引きずって、もう寝入っている猫たちの傍で私はよしこさんの名前を検索してみた。すると昨年、別のビジネスの詐欺容疑で逮捕されていることがわかった。ネット記事には残念ながら写真はなかったが、「田中よしこ（70）」と書かれてあり、私たちの一回り上どころか、ずいぶん年齢をサバ読んでいたこともわかった。

幸せなシモベ

望月麻衣

＊

小さい頃、母は私たち姉妹に童話を読み聞かせしながら、女の子は誰でもお姫様なのよ、と話してくれていた。幼い頃は無邪気に母の言葉を信じていたのだけど、いつしか自分は現実に目を向けるようになった。

物語に出てくるお姫様のような女の子は、愛らしく無邪気で天真爛漫（らんまん）。

自分じゃない、と早くに分かってしまったのは、ごく身近に物語の主人公のような女の子がいたからだ。一つ年上の姉がそうだった。

姉は、愛らしく無邪気で天真爛漫で、物語の最後に王子様に選ばれる主人公のような女の子だった。

私は姉とはまったく違っている。表情に乏（とぼ）しいので無愛想に見られがち。それがいつしか板につき、可愛げのないぶっきらぼうになっていた。こんな私は、物語の中では、使用人A。漫画の世界ではモブキャラといったところだろう。

物語の主人公のようだった姉は、素敵な男性と出会い、めでたく結婚した。一方、モブキャラでしかない私は、城からの舞踏会の招待を待つことも王子様の迎えを夢見ることもない。

ただ、坦々と毎日を過ごしている。

そんな私、高階千佳(たかしなちか)の許に、奇妙な王子様がやってきたのは、三日前のことだ。

『チカちゃん、出産が終わるまで、うちの子を預かってほしいの』

結婚してからまったく交流がなくなった姉から突然そんな電話が来たのは、先週のこと。姉の言う『うちの子』とは、飼っている猫のことだ。

姉は結婚と同時に猫を飼い始め、我が子のように可愛がっている。

そうして二年、姉はめでたく懐妊した。そこまでは良かったのだが、妊娠と同時に猫アレルギーを発症してしまったという。

『産後、一か月健診が終わったら、迎えに行くから』

姉は鼻声で、そんな事情を話す。話を聞きながら私は、頭が痛くなって、ちょっと待って、と額に手を当てた。

「お姉は妊娠をキッカケに猫アレルギーになっちゃったんだよね?」

うん、と鼻が詰まったような声で姉は答える。

「それなのに、『出産が終わるまで』ってどういうこと？　産後に猫アレルギーが治る保証なんてないんだよね？」

　産後一か月までというと、最低でも半年間は預からなくてはならない。

　まさかそのまま猫を私に押し付けるつもりではないだろうな、という焦りから早口で捲（まく）し立ててしまう。

『ううん、まさか。子ども産んだら猫アレルギーは治すから』

「治すって、どうやって？」

『薬でもなんでも飲んで、ぜったいに治すから！』

　最後にズズッと鼻をすすりながら姉は強い口調で言い切った。

　姉の姿が想像つく。拳（こぶし）を握り締めて言っているのだろう。どんなことをしても、あの子は手放さないから、というのは、いかにも姉らしく物語の主人公っぽい。

「……まぁ、妊娠中に薬を飲むわけにはいかないものね」

　そうなのよね、とまた鼻声になっていて、鼻をかんでいる。

「でも、どうして私？　猫なんて飼ったことないから、まったく分からないよ」

『両方の実家には犬がいるし、預かってくれそうな友達の家はペット可じゃないし』

「…………」

　そう言われてしまえば、うちは適しているだろう。

たまたまだが、うちはペット可の1LDKマンションで、一人暮らしをしている。ペット可を選んだのは、特に器量が良いわけでもなく、愛想も良くない自分だ。結婚には縁がないかもしれない。寂しくなったら、いつか犬を迎えて家族になってもらいたい、という気持ちがあったためだ。

『あの子は、うちの王子様だから……』

「……もしかして、『王子様』って名前なの？」

そう聞いたのにはわけがある。実家の犬の名前が『ヒメ』なのだ。

『ううん、名前はミャオ。男の子だから王子様なのよ』

私は思わず笑う。たしかその猫は車の下に入り込んで動けなくなっていた野良猫だったという話だ。野良が王子様に、大出世じゃないか。

「猫種はなんだっけ？」

『あれ、知らなかった？　ペルシャだよ』

「ペルシャ！」

私は驚いて大きく目を見開く。

ペルシャといえば、真っ白でふわふわの毛並み、美しい宝石のような瞳を持つセレブの家にいそうな猫ではないか。マフィアのボスの膝の上で寝そべっているイメージもある。

「そんなセレブみたいな猫が野良だったの？」

『私も驚いたわよ。けど、車の下から救出した時は、ドロドロで決してペルシャには見えなかったのよね。獣医さんに聞いたら、多分、飼い猫が家を出て、そのまま帰れなくなったんじゃないかって。長毛種って比較的動きもゆっくりで、おっとりしてるから、野良になったらほとんど生き残れないんですよ、とも言ってたんだよね』

その後、飼い主を探したけれど見付からず、そのまま引き取ることにした。今ではとても大切な家族だ、と姉は説明する。

『だから、信用できるチカちゃんに預かってもらいたいの』

熱っぽく言う姉に、私は息をつく。思えばこれまでの人生、姉にこんなふうに頼まれたことは一度もなかった。

「……分かった。とりあえず預かる。でも、その子との相性もあるだろうし、どうしても合わなかった場合はお互いに不幸だと思うから、猫が大好きな預かり手さんは探しておいて」

仕方なく私は首を縦に振る。そうして猫との生活が幕を開けることとなったのだ。

*

猫を迎えるにあたり、私は猫の動画を再生して、予習をしていた。

動画のペルシャ猫は、とてつもなく愛くるしい。

白いふわふわの毛、器用な前足でオモチャをちょいちょいと突いて遊ぶ。

微かに首を傾げる姿は、まるでぬいぐるみのようだ。

こんな可愛い子が来るのか、と少し楽しみにもなってきていた。

だけど、と私は振り返って、姉の愛猫・ミャオを見る。

ミャオが来て、三日目。

彼は、私がお気に入りの一人掛けソファーに漬物石のようにどっかりと丸くなって座り、目を細めている。

「…………」

ペルシャは、雪のような白い毛だと勝手に思い込んでいたけれど、ミャオはキジトラ柄だった。よく見かけるこげ茶色の虎柄で短毛種の猫の毛をうんと伸ばした感じであり、セレブ感はあまりない。特別太っているわけではないようだけど、いかんせん毛がふわっと長いので、どうしても太めに見える。

こげ茶色の太い尻尾は、猫というよりタヌキにしか見えない。

目は基本的に据わっていて、何にも動じなさそうな風格だ。

姉が『王子様』と溺愛する猫だ。さぞかし見目麗しい猫だろうと予想していたのだが、この子を引き取った時、思ってしまった。

ちょっとブサイクかも？　と……。

実家の犬のヒメはポメラニアンで、ぬいぐるみのように可愛い容姿をしている。

ヒメも自分のことを可愛いと自覚していて、それを最大限に利用していた。

あの子こそ、まさにお姫様だろう。

この猫は王子様というより、ふてぶてしい王様といったところだろうか。

「……あの、ミャオさん、そこ、私が座りたいと思っていたんだけど」

そっと声を掛けると、ミャオは閉じていた目を薄っすら開けた。

休日の昼下がりに一人掛けソファーで本を読むのが、私の至福のひと時なのだ。この場所は返してもらいたい。

私と目を合わせるも、その表情からは何を思っているのか、まったく分からない。

だが、尻尾をパタパタと振っている。調べたところ猫は顔ではなく、尻尾で感情を表現するそうだ。

ピン、と尻尾が立っている時は、嬉しい、甘えたい。

ゆっくり揺らしている時は、リラックスしたり、考えごとをしている。

そして、尻尾をパタパタと振っている時は……。

「犬も尻尾を振っている時は、喜んでいる時だから、猫もそうなのかな？」

と、私はスマホで検索した。『イライラしている』『機嫌が悪い』『迷惑だと思っている時』という文字を見た。頰を引きつらせる。

「えっと、怒ってます？」

ミャオはジッとこちらを見ていたかと思うと、ふんっ、と鼻を鳴らして、前足に顎を載せて、目を閉じる。

どうやら、却下されたようだ。

仕方ない、と私はクッションを座布団にして、腰を下ろす。

ミャオは目を瞑ったまま、尻尾は体に巻き付いている。

「……でもまあ、少しは慣れてくれたのかな？」

ミャオがここに来たのは、金曜日の夕方だった。

姉が帰るなり、ミャオはどこかに隠れてしまい、しばらく出てこなかった。いきなり知らない家に置いて行かれたのだから、やはりショックだったのだろう。

それでも、夕飯の用意をしていると、どこからか姿を現わした。

その時に驚いたのが、足音がしなかったこと。

皿にキャットフードを入れ終えて、ふと後ろを振り返ると、すぐそこに毛むくじゃらの存在がちょこんと座っている。思わず、ひゃっ、と声が出そうなほど驚いた。

ミャオを怖がらせてはならない、と必死で堪えたのだけど……。

真後ろまで来ているのに気付かないなんて、どういう体の仕組みなのだろう？

「王子様じゃなくて、忍者じゃん」

ミャオは、食べた後は満足そうに前足を舐めてから、目を瞑り、前足を体の下に入れて座っていた。

「ミャオ、期間限定だけど、これからよろしくね」

そう言ってもミャオは聞こえないかのように、体を舐めている。

「ちょっと反応しようよ……」

あまりの無愛想さに思わず笑ってしまったのだ。

これが、ミャオが来た日のこと。

一度、ご飯をもらってミャオも安心したのか、姿を隠さなくなった。

今はこうして、私のお気に入りのソファーで漬物石のようになって寝ている。

「もうひとつソファーを買おうかな……」

いや、この子は半年後にいなくなるのだから、その必要はないだろう。

そっとミャオの体を撫でてみる。まるでビロードのように艶やかな毛並みだった。

*

『チカちゃん、ミャオの様子はどう？』

姉から電話がかかってきたのは、ミャオが来て二週間経ったころだ。

もっと早く電話をしたかったけれど、つわりがひどくて気力がなかったと姉は話す。

「うん、元気……というか、普通だよ。丁度今、夕飯食べてる」

私はそう言って、キッチンの方に目を向けた。

ミャオは私に背を向けていて、カリカリとフードを食べている。

後ろから見ると背中が真ん丸。後頭部も丸い。三角の耳がついている倒れた雪だるまを見ているようだ。

その丸い体が小刻みに揺れている姿が可笑しくて私の肩も小刻みに揺れた。

何笑っているの？　と姉が不思議そうに訊ねる。

「いや、なんていうかね。これまで猫って珍しくない動物だと思っていたけど、一緒に暮らすと不思議な生き物だと思うようになった」

『不思議ってどこが？』

「どこがって……色々なんだけど」

欠伸（あくび）をした時に見せる鋭い牙（きば）に、出し入れ可能な鋭い爪には驚いた。よく、ライオンやトラなどの肉食獣が可愛い仕草をした際、『大きくした猫』のようだと表現しているけれど、そうじゃない。猫が『小さくした肉食獣』なのだ。

そんなふうに思わせる牙と爪を持ちながら肉球はとても柔らかく、とてもすべすべしている。まったく足音がしない秘密は、その肉球にあるのかもしれない。

犬はとても人間に近い。仕草も表情も行動も分かりやすく、人間の子どもに近い気がする。

しかし猫は、何もかもが違っている。

とりあえず、何を考えているのか分かりにくい。表情からは、感情を読み解くのが難しく、かろうじて尾の動きで推測する。

そして知識として分かっていたけれど、猫のジャンプ力には驚かされた。気が付くと冷蔵庫の上にいるのだから、常識からかけ離れた動きだ。

あの体の仕組みはどうなっているんだろう、と真剣に思う。

何より瞳の美しさも尋常ではない。普段は目が据わっているミャオも窓の外を眺めるのは好きで、その時は目をくりっとさせている。横から見ると透き通った球体で、まるで水晶のように美しい。歩く姿もしなやかで美しく、高いところからこちらを見下ろす姿は、高尚さを感じさせる。

「なんていうか……奇跡の生き物だよね」

しみじみと言うと、姉はぷっと噴き出した。

『すっかり、メロメロじゃない』

「ううん、メロメロとかじゃなくて！　ただ観察していると不思議なのよ」

『分かる分かる。お猫様はマイペースなのがたまらないよね』

私の言っていることがイマイチ伝わっていないようで、姉は簡単にそうまとめ、

『とりあえず、上手くやってるようで良かった。あらためてよろしくね』

そう言って電話を切った。

「メロメロとか、別にそういうわけじゃなかったんだけど」

気が付くとミャオはご飯を食べ終わっていた。満足したのか、床に腹を出して転がっている。

腹部をあらわにする、その姿は初めて見た。

「ふわあああ。お腹出してる、お腹出してる！」

心を許してくれたんだ、という喜びから、思わず変な声が出た。

ひっくり返ったミャオは、腹部もふわふわの毛で覆われている。

「あの、触ってもいいですか？」

ミャオは目を細めて、こちらを見ている。

　おそるおそる腹部に掌を当てる。危ういほどに柔らかく、ふわふわだ。

「あああああ、たまらない、この感触」

　しばらく触っていると、もう嫌になったようで、前足で私の手をはたいて、歩き出した。

「触り過ぎちゃったね、ごめんね」

　私の言葉など聞こえていないかのように、一人掛けソファーに仰向けになる。

　目は据わっていて、顔はブスッとしていて、とてもじゃないが可愛さはない。

「もう、なんだその顔は」

　そう言いながらも、写真を撮ってしまう。そうして気が付くと、私のフォルダは不機嫌そうな猫の写真でいっぱいになっていた。

＊

「そういえば、猫くんは元気にしてる？」

　職場の昼休み。

　隣のデスクの女性の先輩が、サンドイッチを頬張りながら訊ねてくる。

「はい。元気ですよ。写真見ます？」

私はスマホの画像フォルダを先輩に見せた。

「やだ、猫くん一色じゃない。しかも、ぶすっとした顔ばかり」

「この子は基本的にこの顔なんですよ」と私は笑う。

ミャオと一緒に生活して、分かったことがある。

猫は気まぐれと言われるけれど、そうではなくて、常に自分の感覚をとても大切にしているのだ。キッチンの隅で一人でひっくり返って寝ていたかと思うと、急に寂しくなったのか、「みゃあああ」と怒りながらやって来る。

ご飯の用意をしている時だけは目をくりくりさせて、私の足に頭や尻尾をすりつけて、「みゃあ」と可愛い声を出す。

それは私の機嫌を取っているわけではなく、単にご飯が嬉しいのだ。

媚びることなく、計算するわけでも、取り繕うこともなく、ただ自分で在る。

そのことを先輩に伝えると、彼女はぷっと笑った。

「なんだか、高階さんみたいね」

彼女の言葉の意図が分からず、私ですか？　と首を傾げた。

「高階さんって、上司に媚びるわけじゃなく、愛想を振りまくわけでもなく、いつも自分は自分って感じじゃない」

ああ、と私は苦笑する。

「だから可愛がられないんですよね」

　昔からそうだ。

「えっ、私はそういう高階さんだから好きだけど。嘘がないから信用できるし」

　私は驚いて何も言えずに、彼女を見た。

「もちろん、一生懸命さをアピールしてくる後輩も可愛いけどね」

　そうですよね、と私は相槌をうつ。

「けど、どちらが上ってことはない。高階さんだって、『こんなことできたよ。いっぱい褒めて』ってアピールしてくる実家のワンちゃんも、マイペースで媚びない猫くんも同じように可愛いでしょう？」

　たしかにそうだ。

　先輩の言葉に私は頷きながら、何かが自分の中で弾けた気がした。

「そうそう、もうすぐお姉さん出産なんでしょう？」

　時が経つのはアッという間で、先輩の言う通り姉はもう臨月を迎えていた。

「寂しくなるねぇ」

　そう続けた彼女に、私は自嘲気味に笑う。

「はい。でも、最初から分かっていたことですから……」

*

やがて姉は無事、男児を出産した。

最初の約束通り、一か月健診の帰りに、うちに寄ることになっている。

ミヤオを迎えに来るのだ。

「ミヤオ、今日はお姉が来るよ。いよいよ、おうち帰るんだよ、良かったね」

そう言いながら、私の心は晴れない。一方のミヤオは素知らぬ顔のままだ。

「もう、相変わらずだなぁ」

そう言って小さな額を撫でると、ミヤオはごろごろと喉を鳴らした。

半年以上一緒にいたのだ。寂しくないわけがなかった。


「チカちゃん、本当にありがとうね」

部屋に訪れたのは、姉だけだった。

赤ん坊は車の中で寝てしまったので、夫と共に車中で休んでいるという。

真の飼い主がやってきたというのに、ミヤオはいつも通りだ。いつものように一人掛けソファーにどっかりと座って、気持ちよさそうに目を細めていた。

すっかり落ち着いちゃって、と姉は愉しそうに笑う。

私も笑みを返しながら、ハーブティーを姉の前に置き、小さく息をついた。

「お礼を言うのはこっちの方だよ。ミャオと生活できて楽しかったし……」

そう言いながら、鼻の奥がツンとしてくる。

「ミャオのおかげで、気付けたことがたくさんあって」

「気付けたことって？」

「私は――昔から人見知りで無愛想で、お姉みたく可愛くすることができなくて、そんな自分に劣等感を持ってたんだよね。『こんな自分じゃダメだし、誰も愛してくれない』って思い込んでた」

そう話す私に、姉は何も言わずに相槌をうつ。

「でも、ミャオを見てると常に不機嫌そうな顔をしてるし、自分勝手でマイペース。まったく媚びたりしない。実家のヒメと正反対だけど、ヒメと同じくらい可愛いのよ。それでね、愛されるのに外見とか愛想とか関係ないんだって思えたんだよね」

いじけて愛想が悪いとなると、話は別だ。

猫の魅力は、自分が自分で在ること。それはきっと、猫だけのことではない。

自分を偽らずにいる存在は、どうであろうと、魅力がある。愛されもする。

それに気が付くことができた。

うん、と姉は優しく微笑む。

「でもさ、チカちゃんもミヤオと同じだよ。内弁慶で口下手で、時々無愛想だけど、そんなチカちゃんの言うことは信用できるし、みんなちょっと不器用なチカちゃんが可愛くて仕方なかったんだよ」

そう言った姉を前に、私ははにかんだ。

「ありがとう。……それ、前に先輩にも同じことを言ってもらえたでしょう？　と姉は得意げに言う。

本当に泣きそうになって、私はそれを誤魔化すように立ち上がった。

「さ、さて、ミヤオ。お姉と帰るんだよ。準備をしようか」

ミヤオを抱き上げる。相変わらず背中が丸く、艶やかな毛並みだ。

そしてとても柔らかく、温かい体。

最近ようやく、私の側で寝てくれるようになった。一人掛けソファーに座っていると、膝に乗ってくれるようになったのだ。

この子を手放さなくてはならない。

そう思った瞬間、何かが決壊したかのように、私の目から涙が溢れ出た。

うっ、と嗚咽を洩らす私に、姉が戸惑った様子を見せている。

「ごめん、お姉。ミヤオはお姉のうちの子だって分かってる。けど、もう少し預からせてもらっていい？　赤ちゃんから手が離れるまで、せめて授乳が終わるまででいい。授乳中は、アレルギーの薬、飲みたくないでしょう？」

「チカちゃん……」

とても寂しくてたまらない。この子がいなくなった後、ほかの猫を飼えばいい……なんて決して思えないのだ。ミャオがいいのだ。

それは、姉にとっても同じだというのは、よく分かっている。

すると姉は涙を浮かべながら、馬鹿ね、と笑う。

「先延ばしすると、もっともっと手放せなくなるよ」

私が何も言えずにいると、姉も立ち上がり、実はね、とミャオの額を撫でた。

「……産後のこの一か月、本当に大変だったの。自分のことも夫のこともできないくらいだった。そんななかミャオが帰ってきても、ミャオが可哀相だとは思っていたんだ。だから、チカちゃんにそう言ってもらえて良かったのかもしれない」

「お姉……」

姉は目に浮かんだ涙を拭い、私に向かって深々と頭を下げた。

「チカちゃん、どうかうちの王子様をよろしくお願いします」

「……ありがとう、お姉。大切にお預かりします」

と私はミャオを優しく抱き締める。

「素敵な出会いがあって良かったね、ミャオ」

ミャオは、私たちのやりとりには興味がないようで、わずらわしそうに腕から飛び降りて、窓際に向かう。

相変わらず、ミャオは健在。王子様だ。そして私は幸せなシモベになる。

ふと、ミャオの方を見る。

タヌキのように太い尾は、嬉しそうにまっすぐに立っていた。

イラストレーション　佐久間真人
デザイン　大久保明子
初出　いずれも「オール讀物」二〇二一年五月号
本書は文春文庫オリジナルです。
DTP制作　エヴリ・シンク

文春文庫

猫(ねこ)はわかっている

定価はカバーに表示してあります

2021年10月10日　第1刷

著　者　村山由佳(むらやまゆか)　有栖川有栖(ありすがわありす)　阿部智里(あべちさと)
長岡弘樹(ながおかひろき)　カツセマサヒコ
嶋津輝(しまづてる)　望月麻衣(もちづきまい)

発行者　花田朋子

発行所　株式会社　文藝春秋

東京都千代田区紀尾井町 3-23　〒102-8008
TEL 03・3265・1211㈹
文藝春秋ホームページ　http://www.bunshun.co.jp

落丁、乱丁本は、お手数ですが小社製作部宛お送り下さい。送料小社負担でお取替致します。

印刷・図書印刷　製本・加藤製本

Printed in Japan
ISBN978-4-16-791769-2

（　）内は解説者。品切の節はご容赦下さい。

浅田次郎
草原からの使者
沙高樓綺譚

総裁選の内幕、莫大な遺産を受け継いだ御曹司が体験するカジノの一夜、競馬場の老人が握る幾多の人生。富と権力を持つ人間たちの虚無と幸福を浅田次郎が自在に映し出す。（有川　浩）

あ-39-11

浅田次郎
降霊会の夜

生者と死者が語り合う降霊会に招かれた作家の〝私〟は、思いもかけない人たちと再会する……。青春時代に置き忘れたもの、戦後という時代に取り残されたものへの鎮魂歌。（森　絵都）

あ-39-18

浅田次郎
獅子吼（ししく）

戦争・高度成長・大学紛争——いつの時代、どう生きても、過酷な運命は降りかかる。激しい感情を抑え進む、名も無き人々の姿を描きだした、華も涙もある王道の短編集。（吉川晃司）

あ-39-19

あさのあつこ
スポットライトをぼくらに

「僕はどんな大人になりたいんだろう」地方都市の小さな町に住む中学二年の秋庭樹には、思い描ける将来がない。幼馴染みの達彦・美鈴と共に悩み成長する姿を描いた傑作青春小説。

あ-43-19

あさのあつこ
透き通った風が吹いて

野球部を引退した高三の渓哉は将来が思い描けず焦燥感にさいなまれている。ある日道に迷う里香という女性と出会うが……書き下ろし短篇「もう一つの風」を収録した直球青春小説。

あ-43-20

あさのあつこ
I love letter
アイラブレター

文通会社で働き始めた元引きこもりの岳彦に届くのは、ワケありの手紙ばかり。いつしか自分の言葉を便箋に連ね、手紙で難事に向き合っていく。温かくて切なく、少し怖い六つの物語。

あ-43-21

有栖川有栖
火村英生に捧げる犯罪

臨床犯罪学者・火村英生のもとに送られてきた犯罪予告めいたファックス。術策の小さな綻びから犯罪が露呈する表題作他、哀切でエレガントな珠玉の作品が並ぶ人気シリーズ。（柄刀　一）

あ-59-1

（　）内は解説者。品切の節はご容赦下さい。

有栖川有栖
菩提樹荘の殺人
少年犯罪、お笑い芸人の野望、学生時代の火村英生の名推理、アンチエイジングのカリスマの怪事件とアリスの悲恋。「若さ」をモチーフにした人気シリーズ作品集。（円堂都司昭）
あ-59-2

阿部智里
烏に単は似合わない
八咫烏の一族が支配する世界「山内」。世継ぎの后選びを巡る有力貴族の姫君たちの争いに絡み様々な事件が……。史上最年少松本清張賞受賞作となった和製ファンタジー。（東　えりか）
あ-65-1

阿部智里
烏は主を選ばない
優秀な兄宮を退け日嗣の御子の座に就いた若宮に仕えることになった雪哉。だが周囲は敵だらけ、若宮の命を狙う輩も次々に現れる。彼らは朝廷権力闘争に勝てるのか？（大矢博子）
あ-65-2

阿部智里
黄金の烏
八咫烏の世界で危険な薬の被害が次々と報告される。その行方を追って旅に出た若宮と雪哉は、最北の地で村人を襲い喰らい尽くす大猿に遭遇する。シリーズ第三弾。（吉田伸子）
あ-65-3

阿部智里
空棺の烏
人間にかわり八咫烏が支配する世界「山内」。山内のエリート武官を養成する学校で切磋琢磨する少年たちの青春の日々を彩る、冒険、謀略そして友情。大人気シリーズ第四弾。（大森　望）
あ-65-4

阿部智里
玉依姫
八咫烏シリーズはここから始まった――。女子高生・志帆が、母の故郷の山奥で遭遇したおぞましきものとは。ついに明らかになる異世界「山内」の秘密。八咫烏たちの命運はどうなるのか。
あ-65-5

阿部智里
弥栄の烏
大地震に襲われた山内。崩壊の予感が満ちる中、若宮の記憶は戻るのか。猿との最終決戦に臨む参謀・雪哉のとった作戦とは――すべての謎が明かされる、シリーズ第一部完結！（対談・夢枕　獏）
あ-65-6

（　）内は解説者。品切の節はご容赦下さい。

宮下奈都
田舎の紳士服店のモデルの妻
ゆるやかに変わってゆく。私も家族も——田舎行きに戸惑い、夫とすれ違い、子育てに迷い、恋に胸を騒がせる。じんわりと胸にしみてゆく、愛おしい「普通の私」の物語。（辻村深月）
み-43-1

宮下奈都
羊と鋼の森
ピアノの調律に魅せられた一人の青年が、調律師として、人として成長する姿を温かく静謐な筆致で綴った長編小説。伝説の三冠を達成した本屋大賞受賞作、待望の文庫化。（佐藤多佳子）
み-43-2

宮下奈都
静かな雨
行助はたいやき屋を営むこよみと出会い、親しくなる。こよみは事故に巻き込まれ、新しい記憶を留めておけなくなり——。文學界新人賞佳作のデビュー作に「日をつなぐ」併録。（辻原　登）
み-43-3

水生大海
ひよっこ社労士のヒナコ
ひよっこ社労士の雛子（26歳、恋人なし）が、クライアントの会社で起きる六つの事件に挑む。労務問題とミステリを融合させた新感覚お仕事小説、人気シリーズ第一弾。（吉田伸子）
み-51-2

未須本有生
リヴィジョンA
航空機メーカーで働く沢本由佳は社の主力機TF－1の改修開発を提案する。実際に動き出すと、ライバル企業の妨害や社内の不正など、次々とトラブルが起きるが……。（吉野　仁）
み-53-2

新井素子・宮内悠介　ほか・人工知能学会　編
人工知能の見る夢は
AIショートショート集
日本を代表するSF作家たちのショートショートをテーマ別に編集し、各テーマについて第一線の研究者たちがわかりやすい解説を執筆。人工知能の現在と未来がわかる一冊。
み-55-51

村山由佳
星々の舟
禁断の恋に悩む兄妹、他人の恋人ばかり好きになる末っ子、居場所を探す団塊世代の長兄、そして父は戦争の傷痕を抱えて——愛とは、家族とはなにか。心震える感動の直木賞受賞作。
む-13-1